天下無敵のI love you

Hinako & Hiroto

桧垣森輪

Moriwa Higaki

エタニティ文庫

もくじ

天下無敵のI《アイ》 love《ラブ》 you《ユー》

プロローグ

出会いは、四月の入社式。

――ううっ、緊張するなぁ……

新入社員として列席した桃井日菜子《ももいひなこ》は、優秀そうな周囲の雰囲気に圧倒されていた。

日菜子がこの会社――家具・インテリアを扱う商社「彩美物産《さいびぶっさん》」に就職できたのは、予想外の出来事だった。

とある田舎《いなか》の農家に生まれ、短大を卒業するまで実家暮らし。子供の頃から、将来は地元の企業に就職して結婚するのだろうと、漠然と考えていた。狭い世界で一生を終えることに悲観もしないくらい、自然なこととして受け入れていたのだ。

そんな日菜子が都会にある彩美物産の採用試験を受けたのは、お世話になった教授の勧めだった。試験は受けたけれど、はっきり言って観光気分。どうせ自分なんて受かるはずないと高《たか》をくっていた。しかし、人生はどう転ぶかわからない。

大企業に内定をもらったとき、家族や周囲は大いに喜んだ。

当初、地元を離れることに乗り気ではなかった日菜子も、外野の盛り上がりに押されて次第にその気になっていった。

決め手となった出来事は他にもあったものの、思い切って飛び込んだ新天地。だが、生まれ育った場所とはまるで違う大都会に、今や日菜子は完全に萎縮《いしゅく》しきっていた。

今朝、一人暮らしのアパートで真新しいスーツに身を包んだときには、結構イケてるかもと一瞬、勘違いした。だが、いざ入社式に臨《のぞ》んでみると、周りはみんな自分より素敵に見える。

――おばあちゃん、私にこんな大企業は、やっぱり場違いだったかも……

自分の選択は間違っていたのでは、と早くも後悔しているうちに、入社式が終わった。

本当にこの会社でやっていけるのかと自信喪失しかけた日菜子だが、入社式後に始まったオリエンテーションを受け、その考えは一変する。

やっていけるかどうかとかじゃない、なにがなんでもやっていく。そしていつか、〝彼〟の役に立てる社員になりたいと思った。

そう、日菜子は運命の人に出会ってしまったのだ。

「営業事業部の藤崎央人《ふじさきひろと》です。新入社員の皆さん、入社おめでとうございます」

さっきまでの緊張も忘れて、日菜子の目は壇上の人物に釘付けになる。

すらりとスーツを着こなす高身長に、端整な顔立ち。肌も綺麗《きれい》でキラキラしていて、モデルや俳優と比べても遜色《そんしょく》ない。年齢は三十歳らしく、大人の余裕たっぷりで圧倒的な存在感を放っていた。

――もんげぇぇぇ！

さすがは大手商社。従業員の顔面偏差値も、高い！

都会には豊かな自然がない代わりに、こんなにも華のある人がいるのかと日菜子は驚嘆《きょうたん》した。

「今日は、未来ある後輩たちに私の体験談を話せと仰《おお》せつかりました。まあ、堅苦しい内容ではないので、リラックスして聞いてください」

親しみやすい口調に、新入社員たちの肩の力が自然と抜ける。

オリエンテーションの講師には、各部署の最も優秀な人材が選ばれているらしい。その中でも、央人は群を抜いて若かった。

しかし、例に違《たが》わず央人の業績もまた華々しく、海外企業とのプロジェクトにいくつも携《たずさ》わっているようだ。それらのエピソードについて、ユーモアを交えて軽妙にトークしていく。

苦難から転じて成功するまでのプロセスをわかりやすく説明してくれたので、新入社員たちは皆、彼の話に聞き入った。人を惹きつける話術からも、央人のセンスや有能ぶりが窺《うかが》える。

プロジェクターを使用していたため室内は薄暗かったが、彼だけは光り輝いていた。

少なくとも、日菜子にはそう見えたのである。

——なんて素敵な人なんだろう！

かっこいいだけでなく仕事もできる。田舎娘《いなかむすめ》のハートは、瞬時に射貫《いぬ》かれた。

「では、質問のある方は挙手をどうぞ」

話が終わる頃には、央人はすっかり新入社員たちの憧《あこが》れの的《まと》になっていた。

皆、我先にと手を挙げ、いろいろな質問を投げかける。彼は、ひとつひとつに誠実かつ丁寧に回答していく。

日菜子も夢中で右手を挙げていた。

いくつかの質疑応答が終わったところで、会場を見渡した央人とようやく目が合う。

「時間的にも、次が最後の質問かな？　——じゃあ、そこの彼女。どうぞ」

「は……はいっ！」

ラストにして巡ってきたチャンス。日菜子は渡されたマイクを握り締めながら大きく息を吸って発言した。

「毎日の業務や出張でお忙しいと思いますが、藤崎さんにとっての癒《いや》しはなんですか？」

「——は？」

室内が、水を打ったように静まりかえる。

「あ、あの、私は一般職で採用されたので、補佐役として総合職の方が快適に働けるよう努力したいなと思い、まして……」

慌てて補足したが、状況はまったく変わらない。

――私、さっそくやらかした……？

彩美物産には総合職と一般職の社員がおり、日菜子は後者として採用された。

総合職には超有名大学出身者が数多く在籍し、世界各地を飛び回り活躍している。

一方の一般職は、総合職の事務的な業務を補佐することがメイン。だから、央人たち総合職の社員のために努力したいと、日菜子なりに考えての質問だったのだが……

「癒《いや》し、ねぇ……」

どんな質問にも即座に返答していた央人が、考え込んでしまった。これまでで一番陳《ちん》腐《ぷ》な質問は、かえって彼を悩ませたらしい。

「――そりゃあもちろん、プライベートの充実だよな？」

沈黙する央人を見かねたのか、隣にいた司会役の男性社員が代わりにマイクを握った。

「どんなに仕事にやり甲斐《がい》があっても、人間だから疲弊《ひへい》はする。そんなときには息抜きが必要だ。趣味に没頭するとか、愛しい恋人と語らう……とかね？ ちなみに、こちらの藤崎くんは、先日婚約を発表したばかりです。はい、拍手《はくしゅ》ー！」

突然飛び出したおめでたい報告に、その場の空気がどよめき——女子たちは固まった。

パラパラと聞こえる拍手《はくしゅ》に交ざって、なにかが砕け散る音もあちこちから響いている気がする。

「圭吾《けいご》……」

「でもご安心ください。我が社には藤崎くんの他にも素敵な社員がたくさんいます。社内恋愛にも寛容《かんよう》ですから、皆さんどうぞよろしくお願いします」

「圭吾、ふざけすぎ」

そう言って司会役をたしなめた央人の視線が、ふたたび日菜子へと向けられた。

突然婚約を暴露《ばくろ》された央人は、バツの悪そうな——でも、幸せそうな顔をしている。

目と目が合ったのは、ほんの数秒。だが、その短い時間で日菜子はすべてを悟った。

——こんな素敵な人に、相手がいないわけがなかった……。

自分と彼との間で、なにかが始まるわけもない。

「御婚約、おめでとうございます」

おずおずと祝いの言葉を伝えると、彼は照れくさそうにはにかむ。

「ありがとう。ちょっとびっくりしたけど、なかなか勇気のある質問だったと思うよ。その積極性を、今後も業務に活かしてください」

向けられた優しい笑みにさえ、日菜子の心はツキンと痛んだ。

それは、失恋と呼ぶには呆気ない、些細《ささい》な出来事。

芽生えかけた恋心は、即座に摘み取られた。

それなのに――

彼は日菜子の心の中に住みつき、いつまでも消えることはなかった。

その後まさか、百回玉砕《ぎょくさい》しても諦《あきら》めきれないほど憧《あこが》れて、一生に一度の恋をすることになるなんて。このときの日菜子はまだ知る由《よし》もない――

一　アタックは、慎重かつ大胆に

時は流れ、あれから二年――

「ただいま戻りました」

ランチタイムを迎えたオフィスは人もまばらで、外出先から帰社した日菜子に返事をする者もいない。ついでに、お昼に誘ってくれる同僚もいない。

わずかにショックを受けつつ、日菜子は自分のデスクに着く。

入社三年目にもかかわらずこんな状態なのは、人間関係が上手くいっていない――からではない。日菜子がこの部署に配属されて、まだ日が浅いからだ。

一般職は、めったなことがなければ異動も転勤もない。しかし希望を出せば絶対に通らないわけでもない。日菜子はこの二年間、元いた人事部で仕事に励みながら異動の希望を出し続けていた。

異動希望先は社内随一《ずいいち》の忙しさなので、とにかく自分が貢献《こうけん》できる人材であること、そしてガッツがあることを猛アピールし続けたのである。

その努力が認められてようやく念願叶ったのは、つい先日のこと。

彩美物産営業事業部――ここが、日菜子の現在の職場である。

白を基調とした室内は、大きな窓が配置されていて開放的。明るい光が降り注《そそ》ぐフロアの奥の一角《いっかく》に、管理職たちに与えられた個別の執務室があった。

半透明のアクリル板で仕切られた部屋の内部は見えにくくなっているが、シルエットで在席の有無《うむ》は確認できる。

どうやら今、〝彼〟は一人で中にいるらしい。

――チャンス、到来。

日菜子は周囲を警戒しながらデスクの下の荷物入れをたぐり寄せ、深緑色のランチバッグを取り出す。

ついでに小さな手鏡で、身だしなみをチェックするのも忘れない。

前髪をささっと整え、薄くなったグロスは口を引き結んで伸ばす。束ねた髪に指を通し、スカートの皺《しわ》もチェックした。

欲を言えば、ヒールの高い靴に履き替えて百五十二センチしかない身長をカバーしたい。しかしそこは、動きやすさ重視のローファーしか持っていないので我慢だ。

――ぐだぐだ悩んでも仕方ない。いざ、出陣じゃ！

コンプレックスである低い身長も、隠密《おんみつ》行動には都合がいい。オフィスの隅をそっと歩いて、目的の場所までこっそりと移動する。執務室の扉を短く三回ノックすると、中から返事があった。

「失礼します」

一声かけてから、扉を開ける。

デスクでパソコンとにらめっこしていた人物は、仕事の手を止めて顔を上げた。

「桃井さん。おかえり」

無表情で仕事をしていた彼が、たちまち人当たりのいい笑みを浮かべる。たったそれだけのことで、日菜子のテンションは急上昇した。

「藤崎課長、ただいま戻りました」

二年前のオリエンテーションで日菜子を虜《とりこ》にした人物は、今では彩美物産の最年少課長となっている。

「急におつかいを頼んで悪かったね」

「いいえ！　課長の……いや、課長たちのお手伝いをするのが、私の仕事ですから」

「ありがとう。本当に助かった。桃井さんのお陰で間に合ったよ」

忙しい彼に代わって急ぎの書類を届けただけで、大したことはしていない。それなのに彼に笑顔を向けてもらえて、得をした気分である。

彼の役に立ちたい――それが営業事業部への日菜子の異動希望理由だった。

それに、今日このタイミングでおつかいを頼まれたのは、日菜子にとって絶好の機会をもらったも同然。「これ」を渡すチャンスを、ずっと窺《うかが》っていたのだ。

手にしているランチバッグを、ぎゅっと握り締める。中身はもちろん、手作りのお弁当。彼のことを思いながら、彼のために作った力作だ。

「わざわざ報告ありがとう。遅くなったけど、ランチに行っておいで」

その言葉を聞き、話を切り出すタイミングをはかっていた日菜子の目が光る。

意を決して、抱えていたものを差し出す。

「あの……お弁当を作ってきたので、もしよければ受け取っていただけませんか？」

発した声は思いのほか震えていたが、なんとか言えた。

央人は日菜子の手元を見つめて、わずかに目を細める。

「お弁当？　でも、それを俺がもらったら、君のランチがなくなるんじゃない？」

「いいえ！　今日は自分の分も、ちゃんと用意してきました！」

このやり取りは想定済み。なぜなら先日、そう言ってお断りされたからだ。

しかし今日はいけるはず。そう踏んでいた日菜子であったが、現実はそう甘くない。

「……なるほどね」

短い沈黙のあとで、央人は少しだけ口角を上げる。

ニヤリと意味深に笑った彼に、日菜子はまたしても敗北を悟った。

「それは是非ご相伴《しょうばん》にあずかりたいところだけど、あいにく今日は先約があるんだ。

「残念だけど、またの機会にね」

　にこりと笑って、ぴしゃりとシャットアウト。

　日菜子はガックリ肩を落とした。

「そう、ですか……仕方がないですよね」

「いつもごめんね？　桃井さん」

　口ではそう言ったけれど、クスクスと笑う央人の表情は涼しいもので、ちょっと意地悪だ。

　日菜子がどんなに頭を捻《ひね》ってアタックしたとしても、彼は簡単にかわすだろう。しかも、とびきりスマートに。

　恨《うら》みがましく央人を睨《にら》むも、彼は日菜子の好きなあの笑顔を向けたままでいる。

　――ああ、課長。その笑顔はズルイです……

　断っておきながらもそんな笑顔を見せるから、まだ頑張れると思ってしまう。

　初めて出会った日に、呆気なく摘み取られたはずの恋心は年々大きくなっている。

　あのまま彼が結婚していたら、きちんと諦《あきら》められたと思う。けれど今、日菜子に向けてひらひらと振られる彼の手に、結婚指輪はない。

　入社式後のオリエンテーションからしばらくして、彼は婚約を解消した。

　日菜子はそれ以来、こんなふうに毎回断られているにもかかわらず、彼に想いを寄せ続けている。小さなものも含めたら、何度アプローチしたか知れない。惨敗記録は、すでに百を超しているのではないだろうか。

今ではもう、簡単には引き返せないほど彼にハマっている――

「……しかし、ひなちゃんも懲《こ》りないね」

ランチタイムのピークを過ぎて、空席の目立ち始めた社員食堂。

本日の戦果の報告にため息を吐《つ》くのは、日菜子の同期・青柳佐保《あおやぎさほ》だ。

ウェーブのかかった長い髪に大きな瞳の佐保は、会社の顔である受付嬢として勤務している。

いつまでもあか抜けない日菜子とは、一見すると対照的な容姿。新人研修で同じ班にならなければ、きっと接点はなかっただろう。

けれどサバサバした性格の佐保とは、話してみたら意外と気が合った。お互いの悩みなどを話しているうちにすっかり打ち解けて、今では親友と呼べる間柄になっている。

「いい加減に諦《あきら》めたら？　時間と労力と食材の無駄じゃない」

――歯に衣《きぬ》着せない佐保の意見が、時として憎《にく》い！

「一人分を作るのも二人分を作るのも、そんなに変わらないし。それに、料理は私の唯一の武器なんだから、アピールするのにこれを使わない手がある⁉」

「でも、全然有効に作用してないじゃん」

「うぐっ」

央人にお弁当を差し入れするのは、今に始まったことではない。営業に異動してから毎日のようにお弁当を渡そうと試《こころ》みている。今日のように渡せる機会があるときはまだいいほうで、そもそも央人がお昼に外出している日も多い。加えて、声をかけられたときでも、受け取ってもらえたことは一度もない。

「連敗記録は今日も更新。まあ、私は昼食代が浮いて助かるけどね」

無駄と言いながら、佐保はランチバッグを嬉しそうに受け取った。

残ったお弁当を引き受けるのは、佐保の日課となっている。今日も日菜子が来るまで昼食をとらず待っていたのは、このためだろう。

二人でそれぞれお弁当を広げ、さっそく食べ始める。

「今日は先約が入っていただけだもん。明日は、食べてくれるかもしれないじゃない」

央人に代わってお弁当を食べてくれる佐保には感謝しているが、あげられない日が来るかもしれないのだ。たとえば明日とか！

「そうやって断られるの何回目？　ひなちゃんだけじゃなくて、他にも玉砕《ぎょくさい》している人間は大勢いるって噂だよ」

「うぐぐっ」

央人が誰からのプレゼントであっても受け取らない、というのは社内では有名な話だ。かつてバレンタインのときに苦労したことがあるらしく、今では差し入れの類《たぐい》をすべて断っていると聞く。

それでも、容姿や能力に取り柄がないと思っている日菜子には、料理の他に自己アピールの方法が思いつかない。

それに、断るにしてもあの態度である。

一応、『またの機会にね』と、含みのあることを言う。だから、一度や二度断られたくらいでは余計に諦《あきら》めがつきにくい。いや、そんな数ではきかないほど、すでに断られているが。

「課長がフリーになって、もう二年か……誰かと付き合っているような話も聞かないから、みんな収めどころがないんだよね」

日菜子に同情するように、佐保が言う。

央人が婚約解消した当時、瞬《また》く間に噂は社内を駆け巡った。しかもその後、とんとん拍子《びょうし》に彼が出世したので、女子社員たちの多くが色めき立ったものだ。

央人争奪戦はヒートアップしたが、彼が社内の誰かと付き合ったという話は聞いたことがない。社外に彼女がいるという話も聞かない。

そして今では、相当身持ちが固く、難攻不落の孤高の存在として女子社員たちの注目を集めている。そのうえ、彼と恋人になったら、一生大切にしてくれそうと評判がますます高まっていた。

「ライバルも多いし、脈もないし。実らない片想いなんて、もうやめたら？」

「それは無理」

佐保の提案を、日菜子は即座に却下した。

「やっと同じ部署に異動できたんだもん。これからだよ」

この二年間だって、なにもしてこなかったわけではない。人事部から営業事業部に異動するための努力を続けながら、他にも思いつく限りのことを試した。

日菜子はこれまでの努力の日々を、佐保に熱弁する。

まずは、定番の待ち伏《まぶ》せ。

仕事終わりの央人と偶然を装《よそお》って出くわし、会話を弾ませて食事に誘うという完璧なシナリオを用意した。

しかし、めったに残業のない一般職と違い、央人の退社はいつも遅い。人事部の特権で、タイムカードの退勤時刻から傾向と対策も割り出してみたが、同じことを考えるライバルはすでにいて、結局は近づくことさえできなかった。

そもそも帰宅途中の彼に会えたとして、会話を弾ませるなんてスキルが日菜子にあったのかも怪しいが、それは考えないでおく。

ならばと、今度は出社を狙った。

幸運にも日菜子と央人の家は同じ沿線で、電車で鉢合わせてもおかしくはない。こちらもタイムカードから傾向と対策を割り出すまではよかったのだが、詰めが甘かった。

まず、央人がどの車両に乗り込むのかがわからない。それでなくとも、都会の朝の通勤ラッシュに慣れていない日菜子では同じ車両内でも移動することなど不可能に等しく、ごく稀《まれ》に央人の姿を見かけることはあったけれど、人の壁に行く手を阻《はば》まれ近づけなかった。

そんなこんなで、二年間にまともに口をきいた回数はゼロ……熱意だけは、買ってほしい。

「いやいや。それって、ただのストーカーだから」

「今は声もかけられるようになったし、待《ま》ち伏《ぶ》せなんてしないもん」

今はオフィスで毎日顔を合わせられる。異動初日に名前を呼ばれたときは、あまりの嬉しさで涙が出たほどだ。

「ねぇ、ひなちゃんの最終目標ってなに？　藤崎課長の恋人になること？　それとも、結婚？」

「まさか。私はただ、あの人に自分の存在を認識してもらって、役に立ちたいだけ」

思っていることをそのまま言ったところ、佐保は目を丸くする。

身の程知らずな恋を続けている日菜子だって、恋人にしてもらえるだなんて、これっぽっちも思っていない。田舎《いなか》から出てきたしがないOLの日菜子と、出世街道をひた走っている央人とでは釣《つ》り合いがとれないことは、自分が一番理解している。

それでも、好きになってしまったのだから仕方がない。平凡な人間だけど、せめて視界に収めてもらいたいと足掻《あが》くくらいは許されると信じている。

「はあ？　それって、アイドルのファンみたいなもの？　コンサートで毎回頑張って最前列の席を確保したり、出待ちしたりとか」

「うーん、近い、かも……」

贔屓《ひいき》のアイドルに声をかけてもらうのは、最大の喜びだろう。中には本気で結婚したいと考えるファンもいるが、大抵は叶わぬ夢であることを知っている。そういう意味では、日菜子も同じなのかもしれない。

好きな人に存在を認識してもらえないのは悲しい。だけど決して高望みもしない。

彼のそばで、彼のためになにかがしたい。

その願いを今、日菜子は着実に叶えている。

「なんて無欲な！　それが、二十歳を超えた大人の女性が思うこと!?」

「失礼ね。大人だから、身の程を知っているだけですー」

胸を張る日菜子に、佐保は信じられないといった具合に頭を抱える。

「わかんないなぁ……でも、まあ……とりあえず、応援だけはしてる」

「ありがとう、佐保ちゃん！」

ちなみに、佐保にはつい先日、彼氏ができた。他社に勤めるサラリーマンで、彩美物産を訪問した際に接客した佐保に、一目惚れしたと言って声をかけてきたらしい。

可愛くて綺麗《きれい》な女の子は、待っているだけで出会いの機会が訪れる。

そうでない日菜子は、自分から動いて努力あるのみだ。

「もっと周りに目を向ければ、ひなちゃんにも幸せは転がっているのにね」

意味深に呟《つぶや》いた佐保が、後方を顎《あご》で示す。その方向から、一人の男性がこちらに向かって歩いてくるのが目に留まった。

「桃井！　お疲れ様。よかった、無事に戻ったんだ」

「常盤《ときわ》さん。お疲れ様です」

足早に近寄ってきたのは、営業事業部に所属する常盤慎之介《しんのすけ》。年齢は日菜子たちよりひとつ年上で、一年の地方研修を終えて、最近本社に転属されたばかりだ。

切り揃えられた短髪が爽《さわ》やかな印象の彼は、同時期に異動してきた日菜子のことをよく気に掛けてくれている。

「俺の代わりに課長の案件で外に行かせてごめんな？」

「そんなこと気にしなくてもいいですよ」

届け物くらい自分にだってできると、日菜子は苦笑いする。

「いくらひなちゃんでも、迷子になったりしませんよ。常磐さんは過保護ですねぇ」

「そう言うけどな、青柳。行ったことのない会社なんだぞ？　知らない場所に行くのは大変だろ？」

「大丈夫ですよ。スマホにナビが付いてますから」

「そっか。桃井は偉いな」

偉いのはスマホであって日菜子ではない。

自分の手柄だと受け取られるのは違うと思いつつも、とりあえず笑顔を見せる。

「一方通行だわ……」

そう呟《つぶや》きながら、なぜか佐保が生暖《なまあたた》かい目をしていた。

「ところでそれ、青柳の弁当か？」

日菜子たちのテーブルの横に立った常磐は、佐保の前に置かれた弁当を指さす。

弁当と認識できないほど、ひどい出来ではないはずなので、彼がそう聞いたのはサイズのせいだろう。

「フフッ、これは、日菜子が私のために作った、愛情たっぷりのお弁当なんです」

喜々として自慢する佐保に、日菜子は思わずジト目になる。

——愛情は込めているけど、込めた相手は違う！　食べてくれるのはありがたいけど……

「へー、美味《うま》そうだな。それにしても、でかくねぇ？」

佐保の弁当箱は、日菜子のものの倍の大きさ。男性が食べることを想定して作ったので、量を増やしている。

それでも佐保は、毎回それをぺろりと平らげてしまうから、見かけに寄らず大食いだ。

「ボリュームはあるけど、野菜たっぷりでヘルシーだから問題ありません」

今日のメニューは、肉巻きおにぎりに卵焼きとウインナー、ブロッコリーとミニトマトで彩りを添えて、ほうれん草のお浸しとニンジンとたらこの炒め物も入れてみた。

佐保はヘルシーと言ったが、男子ウケするおかずをネットで調べて作ったので肉料理がメインだ。ヘルシーとは言い難い。

それはさておき、恋愛経験の乏しい日菜子はメニューに自信がなかったのだが、常磐の反応を見る限り間違ってはいないらしい。

「いいな……俺、一人暮らしだから手料理って食べる機会ないんだよ。青柳には多すぎるだろう？　ちょっと分けてくれよ」

「ダメです」

お弁当に向かって伸びてきた常磐の手を、佐保はピシッと払いのける。

「これは私のなんだから、誰にもあげないっ！」

――だから、佐保のじゃないんだけどなぁ。

心の中でツッコミを入れつつ、どこかでホッとする。

央人に受け取ってはもらえなくとも、他の男の人が口にするのは抵抗があった。

「だったら今度、俺の分も作ってきてくれないか!?」

しばらく羨《うらや》ましそうに眺めていた常磐が、急に日菜子に向かって身を乗り出した。

「ええっ!?」

「もちろん、ちゃんとお礼はする。フレンチでもイタリアンでも、好きなものをご馳走《ちそう》するから」

それほど手料理に飢《う》えているのかと、突然の申し出に日菜子は困惑した。

一人暮らしで料理もできないという彼を、気の毒に思わないわけではない。しかし、気乗りはしない。

日菜子が央人のためにお弁当を作るのは、彼が好きだからだ。女子力のアピールもあるが、忙しい央人の健康を憂慮《ゆうりょ》してのこと。冷たいかもしれないけれど、他の男性にはそこまで気を回せない。

返事に困って視線を彷徨《さまよ》わせると、肉巻きおにぎりにかぶりついていた佐保と目が合う。

「……自分で頑張りなさい」

小さな声で突き放されたが、彼女なりに「央人のお弁当」は守ってくれている。

ここは自分が頑張るしかない。

日菜子が口を開きかけたとき、ふと、背後から声をかけられる。

「――楽しそうだね」

この声は――

「ふ、藤崎課長……！」

振り返ると、そこにはやっぱり央人が立っていた。隣には、彼の同期で係長の小金井《こがねい》圭吾の姿もある。

「盛り上がってるみたいだけど、なにを話してたの？」

央人の言葉を聞いた常盤が、上司二人に簡潔に説明をする。

「お疲れ様です。青柳のこの弁当、桃井が作ったらしいんですよ。あまりにも美味《うま》そうなんで、俺にも作ってほしいって頼んでたとこで」

一瞬の間《ま》を置いて、央人の視線が日菜子に向けられ、それから佐保の前のお弁当箱に注《そそ》がれた。

お弁当箱のすぐそばには、深緑色のランチバッグも置かれている。おそらく央人は、それがつい先ほど自分へと差し出されたものと気づいただろう。

横流ししたのが見つかってしまい、なんだか気まずい。

「本当に、美味《おい》しそうなお弁当だ」

日菜子との秘密のやり取りなどおくびにも出さず、央人は涼しげな顔で常磐と会話を続ける。

「そうなんですよ。でも青柳は、一口もくれなくて」

「だって本当に美味《おい》しいんだもの。他人にあげるのはもったいないです」

――佐保ちゃん、ナイスアシスト！

日菜子はオロオロしながらも、常磐と佐保からの高評価が後押しとなって、次の機会には央人がお弁当を受け取ってくれないかなと仄《ほの》かな期待を寄せる。

するとその直後、央人は予想外の行動に出た。

「そうか。じゃあ、味見してもいい？」

そう言って、央人がひょいと手を伸ばしたのは、日菜子の弁当箱だった。

「ええっ!?」

彼が摘まんだのは、ハート型の卵焼き。普通に切ったひと切れを、さらに真ん中で斜めに切って並べて盛りつけたものだ。

そのハートの片割れを指で持ち上げた央人は、そのままパクリと口に入れる。

「……うん。甘くて、美味《おい》しい。桃井さんは料理上手だね」

指先をぺろっと舐《な》める仕草がやけにセクシーで、日菜子の胸は激しくときめく。

央人が自分の手料理を初めて食べてくれたという事実に、一気に舞い上がった。

——課長が、私のハートを食べたぁぁ！

「ありがとう。また、俺にも作ってきてくれると嬉しいな」

「はい！　喜んで！」

そばに立っている常磐が「え、『また』ってどういうこと？」と不思議がっていたが、そんなことに構ってはいられない。今日までの連敗記録も忘れて、天にも昇る心地で央人の背中を見送った。

「あれは……罪作りな男だね」

惚《ほう》ける日菜子の横で、佐保は感心したように唸《うな》る。

「罪作りでも手作りは好きなんだね……佐保ちゃん、私、明日からも頑張るよ！」

日菜子はふたたび、やる気を滾《たぎ》らせた。

その様子を眺めている常磐は微妙な顔で、苦笑する佐保に肩を叩かれている。

「敵は手強《てごわ》い、ね」

佐保のそれは日菜子と常磐の二人に向けられた言葉だったのだけれど、舞い上がる彼女の耳には届いていなかった。

確かに入社式の日のオリエンテーションで日菜子は央人に一目惚れをした。

だが、本当に彼に恋をしたのは、もっとあと。

日菜子の心は、入社三か月後の「あの雨の日」から、ずっと央人に囚《とら》われている。

おそらく社内の誰も知らない、彼の一面を知ったあの日から――

＊＊＊＊＊

「央人、さっきの行動。おまえにしては珍しいな」

食堂を出た藤崎央人は、同期の小金井圭吾とともに喫煙室にやってきた。

煙草に火を点《つ》けながら自分に向かって片眉を上げる圭吾に、央人は顔をしかめる。

「なんのことだ？」

圭吾が言いたいことはわかっているものの、面倒なのでしらばくれたが……

「普段のおまえなら、絶対に他人の手料理なんか口にしないだろう？」

やはり、この男は鋭い。央人が気づいてほしくないことも敏感に察知してしまう。

圭吾が言っているのは、先ほどの社員食堂での央人の行動だ。桃井日菜子の弁当箱から卵焼きを摘まんで食べたことを指している。

「他人の手料理が食べられないわけじゃない。ちょっと……気が向いた、だけだ」

適当にはぐらかし、ここへ来る途中で買った缶コーヒーを口に運ぶ。

なんでもないふうを装《よそお》いながら答えたが、あの行動に一番驚いているのは央人だった。

なぜ、あんなに人がたくさんいる場所で、わざわざ食べかけの弁当に手を伸ばしたのか……

厄介事《やっかいごと》を避けるため、日頃から女子社員からのプレゼントの類《たぐい》は断っている。一度受け取れば収拾がつかなくなることはわかりきっていたし、相手の気持ちに応《こた》えるつもりもない。

――それなのに、俺はなぜ？

桃井日菜子が友人に渡した弁当が、自分に差し出されたものだというのは一目でわかった。

だが、受け取らなかったものを、どう扱おうが彼女の自由だ。

「気が向いた、ねえ。俺には後輩に対して嫉妬心《しっとしん》丸出しだったように見えたけど？」

「そんな馬鹿な」

くだらないと、央人は一笑《いっしょう》に付《ふ》す。

「なあ、いっそのこと桃井と付き合ってみたらどうだ？ お試しから始めてみるとか」

それでもまだ圭吾は、含み笑いをしながら煙をくゆらせている。

央人は呆《あき》れてため息を吐《つ》いた。

「よせよ。面倒臭い」

「そうか？ おまえも意外と気に掛けているように見えたぞ」

「異動してきたばかりの彼女を気に掛けるのは当然だろう？　せっかく事務の新任が見つかったのに」

央人が日菜子を気に掛ける理由は、それしかない。

営業事業部は多忙を極める部署。海外への買い付けなどで出張も多く、勤務時間も不規則になりがちだ。一般職は残業など、ある程度セーブされているが、まったく影響を受けないわけではない。

それに営業マンは体育会系の気質の者も多く、口調がきつかったりもする。

いろいろな面でハードな職場についていけず、辞めてしまう一般職が多かった。そのため、営業事業部は慢性的《まんせいてき》な事務員不足に陥《おちい》っている。

管理職に就いている央人は、部内の人事も担《にな》っている。経験不足でもいいからタフな人間を回してくれと人事部長に依頼したところ、推薦されたのが桃井日菜子だった。

入社三年目の彼女は、今のところ及第点《きゅうだいてん》。経験不足なのは否《いな》めないが、キャリアを考えれば当然のことだ。

――しかし、並々ならぬ熱意だけは感じられる。

失敗することもあるが、積極的に仕事を覚えて貢献《こうけん》しようとしている。指示を出す人間の目をじっと覗き込み、真剣に業務メモを取る姿をよく見かけた。明るくハキハキした性格で、部内での評判も上々だ。

まだ若いこともあってか、多少元気すぎる感はあるものの、部署の雰囲気には合っている。

もちろん、彼女のモチベーションの一端が自分にあることは承知の上だ。

毎日手作りの弁当を渡されれば、どんなに鈍い男でも気づく。

それほどの積極性を持ちつつも、肝心なところで毎回なかなか言い出せずにこちらを窺《うかが》っている様子にはクスリとする。央人から声をかけると嬉しそうに頬を赤らめるという初《うぶ》心な反応も、ちぐはぐな感じがして見ていて飽きない。

央人の周りには今までいなかったタイプである。

学生時代も社会人になってからも、央人の周囲には自分に自信がある女性が多かった。彼女たちは、他人に臆《おく》することも遠慮することもない。目的のためには他者を蹴落《けお》とすことさえ厭《いと》わない。

特に就職してからは、仕事柄エリート志向の強い女性と出会うことが多かった。商社の最前線である営業事業部にいるのだから、当然の成り行きと言える。

——男性と対等に渡り合っている女性に、魅力を感じていた時期もあった。

その頃の央人はとにかく仕事のことしか頭になく、自分のキャリアにとって有益か否《いな》かで女性との付き合いを考えていた。

お互いに高め合える相手でなければ、一緒にいる意味はないとさえ思っていたのである。

どこまでも自分本位なことを考えていた結果が、二年前の婚約解消だ。

あの一件では、相当痛い目を見た。しかし同時に目が覚めた。

家庭を持っていたほうが世間体《せけんてい》がいいだとか、そんなことを考えていた央人にとって、結婚は出世のための手段であった。

上昇志向が強く、バリバリと仕事をこなすキャリアウーマンだった元婚約者とは、お互いの利害が一致していた。

愛や恋といった、甘い感情だけで決めた結婚ではない。とてもドライで虚《むな》しい関係。最初からお互いに好きではなかったのだと、今ならはっきりわかる。

――昔、誰かに『自分にとっての癒《いや》しはなにか』という質問をされたことがあった。当時の央人は婚約中だったが、最愛の人であるはずの彼女といても、癒《いや》されると感じたことはなかった。

婚約解消の理由は、相手の不貞――彼女は取引先の重役と、不倫していた。だが元婚約者の裏切りを知ったときも、悲しさや怒りはなかった。

彼女は自分よりもさらに打算的で、目的を達成するためには手段を選ばなかったのだ。同い年の央人といるよりも、愛人稼業《かぎょう》のほうが割がいいと踏んだらしい。いつかは正妻の座も奪ってやるとも言っていた。

潔《いさぎよ》いまでの彼女の態度を見て、央人は不思議とすっきりした気分だった。そして、瞬時に消え去った想い――

結婚したところで、きっと先は見えていただろう。

「桃井って、料理上手なんだろ？　おまけに尽くすタイプっぽいし、嫁にするにはうってつけじゃないか」

思考を遮《さえぎ》るように、やけに明るい圭吾の声が耳に届く。

実際に圭吾の顔つきは明るく、一押しの商品をプレゼンするかのように生き生きとしている。

「嫁って……飛躍《ひやく》しすぎだ。それに、彼女は俺たちと十歳も年が離れている」

「いいじゃないか、若い嫁。毎日が楽しくなるぞ？」

ゲスな笑みを隠さない圭吾に、央人は白けた視線を向けた。

学生時代からの友人であるこの男は、央人の歴代の彼女を知っている。だからこそ、毛色の違う桃井を薦《すす》めたいのだろう。

だが――残念ながら、女性としては対象外。

「ああいうタイプは、女性というより妹に近い」

「妹、ねえ……おまえが妹と親しげにしてるところなんて、見たことないけどな」

ちなみに央人の妹は、同じ藤崎家のＤＮＡを持つだけあってクールで自立心が強い。

日菜子とはまったく異なるタイプであるため、圭吾は違和感を覚えたようだ。

「でも、それくらい親しみやすいほうが、おまえには合ってるんじゃね？　おまえに必要なのは、競争相手じゃなくて、俺みたいなパートナーだよ」

圭吾は自分から前に出るタイプではなく、仕事上でも友人関係でも周囲の調整役になっていた。

央人との関係においても、圭吾が一歩引いてサポートしてくれるから助けられていることも多い。

「いつも付き合っているような我《が》の強い女とはすぐに破綻《はたん》するけど、俺との関係は続いているのがいい例だ」

「……おまえとは、ただの腐れ縁だろう？」

「うわ、冷たっ！」

社内での央人の評価は「誰にでも優しくて人当たりのいい課長」。しかし実際は、すこぶる外面《そとづら》がいいだけで、冷淡で狡《ずる》い男だ。

「おまえと周囲とを調整しているのは、この俺だぞ？」

「そうか？　無理矢理飲み会に連れ出された記憶しかないけどな」

憎《にく》まれ口を叩いたが、圭吾には感謝もしている。

なんでも自分でできてしまう央人は、めったに他人を必要としない。ともすれば孤立しやすい自分に声をかけ、強引に集団の中に引き入れてくれるのは、いつも圭吾だ。

「おまえには、愛想よくしている外面《そとづら》だけじゃなくて、裏の顔も理解してくれるような相手が必要なんだよ」

圭吾は央人に遠慮せず軽口を叩く。央人もあえて圭吾の前では自分を取り繕《つくろ》ったりしない。

「なあ央人、ずっと本心を隠したままじゃ疲れるぞ。自分の悪い面や弱いところをさらけ出せる相手を見つけろ」

「それが、桃井日菜子？　それこそ、ないな」

彼女こそ、見せかけの自分に惑わされているいい例だと、圭吾の主張を鼻で笑う。

「どうかな。ああいう天真爛漫《てんしんらんまん》な人間は、他人のこともありのままに受け入れる懐《ふところ》の深さを持っていたりするかもよ。侮《あなど》っていると痛い目に遭《あ》うぞ？」

「女で痛い目に遭《あ》うのは、もう懲《こ》り懲《ご》りだ」

「おまえ、いい加減に吹っ切れよ……」

頑《かたく》なな央人に、今度は圭吾のほうが呆《あき》れてしまった。

――央人が恋愛から距離を置きたがるのを、圭吾は婚約破棄のトラウマだと思っているようだが、実は他にも理由はある。それは、親友である圭吾にも話していない。

ある女性との、一夜限りの思い出。その一人を、央人はずっと探し続けている。

元婚約者と別れた日、央人は「彼女」と出会った。

その彼女に――おそらく自分は、恋をした。

断言できないのは、これまで誰かに強く惹かれた経験がないためである。

それに、彼女がどこの誰なのかも、まったく覚えていないのだ。

元婚約者と別れたその足で飲みに行き、自棄《やけ》になって浴びるほど酒を飲んだ。だから、彼女の顔も名前も、出会いの経緯すらも曖昧《あいまい》で、気づいたときには彼女はすでに自分の隣にいた。

見ず知らずの相手でも、不思議と嫌な気持ちはしなかった。央人の話に耳を傾け、必死に元気づけようとする姿が健気《けなげ》で。最初からそこにいるのが当たり前のように、二人の波長がぴったりと合ったような気がした。

彼女と過ごしたわずかな時間は、央人に癒《いや》しをもたらした。

それは決して、元婚約者には抱くことのなかった感情。気がつけば、心の底から「彼女」を欲《ほっ》していた。

――この女性《ひと》と、もっと一緒にいたい。

その一心で、ベッドをともにした。

彼女を抱いた感覚だけは、今も鮮明だ。

央人の背中へと回された遠慮がちな手の感触を、はっきりと覚えている。

小柄でも、胸はそれなりにあった。感じやすいのか、刺激を与えるたびに身体が敏感に跳ねて。

白い喉元を反《そ》らしながら、熱い息と甲高《かんだか》い声を漏らす姿を見て、柄《がら》にもなく興奮した。

朦朧《もうろう》とする頭でも、そのとき自分にできる精一杯の誠意を持って優しくしたつもりだったのに——

目覚めたときには、自分は一人だった。

夢でも見たのかと思ったが、着ていた衣服は脱衣所のかごに収められ、ベッドのシーツには……

彼女の痕跡《こんせき》があったのだ。

それだけが、昨晩のことを現実だと教えてくれていた。

——せめて、もう一度だけでも会いたい。

顔も、名前すらもわからない。

なのに、彼女を想う気持ちは日に日に強くなっていく。

それは、初恋に似た感情なのかもしれない。それなりに恋愛経験は積んできたが、これほど心惹かれる相手は、後にも先にも彼女しかいなかった。

手がかりはないかと記憶を掘り起こしてみても、肝心なことはなにも覚えていない自分が悔しい。

だから央人は、なかば意地になって、現在進行形で彼女を待っている。

そもそも、自分が彼女の名前を聞いたかどうかも不明だ。

だが彼女は、央人のことを『藤崎さん』と呼んでいた。

それだけは覚えているので、お互いに名乗り合ったか、もしくは元々知り合いだった誰かだと推測できる。

とはいえ、最初から知り合いだったのなら、後日向こうから話を切り出す気もするので、初対面の可能性も高いが。

そういえば、彼女の身長は桃井日菜子と同じくらいだった……

こんなふうに、なにかにつけて「彼女」と誰かを結びつけてしまうのは、もはや央人の癖になっている。

しかし、桃井日菜子が「彼女」なわけがない。

好意を持っている相手と一夜をともにして名乗り出ないなんてことは、あり得ないだろう。

もっとも、桃井日菜子はそんな女の武器を上手に使えるようにも見えないけれど。そんな狡猾《こうかつ》なタイプでないことは、これまでの央人に対する態度から明らかだった。

肉食女子ばかりを相手にしていたから、稚拙《ちせつ》なアプローチを微笑ましいと感じさえする。まるでお子様な感じで、身構えなくていい分、気が楽だ。

だから——弁当の卵焼きを食べるという、特異な行動に意味はない。本当に、ただの気まぐれ。

「そろそろ戻るか」

一服を終えた圭吾が一足先に喫煙室を出ていく。

「……美味《うま》かったな」

央人はコーヒーの味に消された甘い卵焼きを思い出しながら呟《つぶや》き、頭に浮かんだ疑念を追い出した。

二　夜道で拾ったラブストーリー

大人で、女性の扱いにも長《た》けていて、恋のライバルだって多い。

そんなかっこいい上司に憧《あこが》れるのはよくある話だけれど、日菜子の場合は少し複雑な事情がある。

振り向いてもらえると思っているわけではない。それでも、ただ遠巻きに見ているだけでは終わらせられない理由があった。

日菜子が央人に本当の意味で恋したのは——彼が婚約を解消した当日。

おそらく、会社の人たちが事実を知るより少しだけ早いときだった。


その日は、朝からの雨が夜遅くになっても降り続いていた。

それでも日菜子の足取りは軽かった。

入社から三か月が経ち、少し心に余裕ができた頃。翌日は休みということもあって、同期たちと飲み会をした帰りだった。

終電の都合から一人で先に店を出て、駅までの道を鼻歌交じりで歩いていた日菜子。

しかし、ひとつ角を曲がったところで冷静さを取り戻す。

駅の裏口へと続くその道は、繁華街《はんかがい》と比べて物寂しい。ただでさえ少し不安を感じるのに、今日はさらに不穏な雰囲気がある。

駅へと向かう人たちは、道の端のある場所を避《よ》けるように歩いている。

日菜子は、恐る恐るその場所に近づく。

すると、人々が避《よ》けている場所の中心には、雨に打たれながら座り込んでいる男性がいた。

――嫌だな、酔っ払い？

花壇に腰掛けてうなだれている彼を、頭上の街灯がスポットライトのように照らす。

――どう見ても、真っ白に燃え尽きてる……！

その姿はまるで、ボクシングの試合を終えてリングのコーナーに座り込んでいるようだった。

もしも実家近くの町であれば、すぐに手を差し出していただろう。なにしろ、田舎《いなか》では向こう三軒両隣が親戚という環境で、無視などすれば『反抗期だ！』『不良になった！』と、たちまち近所に広まってしまう。

だが、ここは都会。都会にはどんな人間がいるかわからないから気をつけろと、祖母からもよくよく言いつけられた。きっと関わらないほうがいい。

だけど――

近づくにつれはっきりとするシルエットに、つい興味を惹かれてしまう。

彼は、どれだけの時間、ここに座っているのだろう。

グレーのスーツは夜道でもわかるほど色が変わり、腕や脚に張り付いている。くしゃりと髪の毛を握る指からは、雨粒が滴《したた》っていた。

顔はよく見えないけれど、哀愁《あいしゅう》が滲《にじ》むその姿は、なぜだかとても色っぽく感じドキドキしてしまう。

――都会の男の人は、こんな姿も絵になるなぁ……

ドラマや映画の光景みたいだと思いながら、彼の横を通りすぎる。

その間も、男性はぴくりとも動かなかった。

このまま素通りしても、二度と会うことはない相手だ。自宅に帰って一晩ぐっすり眠ってしまえば、彼を思い出すこともないだろう。

だけど――

どうしても、彼から目が離せなかった。

その姿は、ひどく儚《はかな》げで――

放っておけば、闇に溶けて消えてしまいそうに思える。

「風邪、引きますよ？」

気がつけば、お気に入りのピンクの傘を彼に差し出していた。

日菜子の声に、男性がゆっくりと顔を上げる。その瞬間、日菜子は思わず声を上げた。

「ふ……藤崎、さん⁉」

そこにいたのは――藤崎央人だった。

入社式後のオリエンテーションで見かけて以来、この数か月で彼の名前は何度も耳にした。営業成績トップという有能ぶりに加え、性格も温厚で人望も厚い。その優秀さから、近々最年少課長に昇進すると、もっぱらの噂になっている。

それに、結婚も間近。

順風満帆《じゅんぷうまんぱん》な人生を送っているはずの彼に、今の姿は似つかわしくない。

生気のない瞳を日菜子に向けた央人は、しばらく考え込んだあと、日菜子の服の袖口をそっと掴《つか》んだ。

「……だれ？」

呂律《ろれつ》の回らない口調は、もしかしなくとも酔っている。しかも、かなりの深酒だ。

ほんの少し距離を詰めただけでも、彼の周囲に濃いめのアルコールの匂いが漂っているのがわかった。

これは、ただごとではない。

「人事部の桃井です。藤崎さん、帰りましょう」

同じ会社の社員というだけで面識はないが、こんな状態の彼を放っておけるわけがない。

日菜子は元来《がんらい》、お節介焼きな性格なのだ。地元では同級生たちから「お母さん」というあだ名をつけられたくらいである。

捨てられた子犬みたいな瞳を向ける彼を、介抱《かいほう》せずにはいられない。

「帰る……？」

小首をかしげる央人に、日菜子の胸はさらにキュンと音を立てる。

日菜子の母性本能が、激しく揺さぶられた。

「こんなところにいたら身体を壊します。ご自宅まで送りますから、一緒に帰りましょう」

視線を合わせるためにしゃがみ込むと、長い睫毛《まつげ》に縁取《ふちど》られた虚《うつ》ろな目が伏せられる。

「身体なんか壊れたっていい」

「そんなこと言って！　家族が……もうすぐ結婚する彼女さんだって心配しますよ」

きっと彼女は、彼の帰りを待っているだろう。心配しないはずがない。

しかしその問いかけに、央人は掠れた呟《つぶや》きを返した。

「別れた」

偶然に知った事実に驚く。

彼が今こんな状態になっているのは、それが理由なのだろうか。

――誰かと付き合った経験はないが、ひとつの恋が終わったときの喪失感には覚えがある。

日菜子にも、ずっと好きだった人がいた。

家が近所の、いわゆる幼なじみと呼ばれる相手。子供の頃から想いを寄せて、将来はきっと彼のお嫁さんになれると信じていた。

だけど、彼は違う相手と恋をした。さらに恋人といるときに出くわした日菜子を、彼は親戚だと紹介したのだ。

――ショックだった。

ずっと一緒にいて、彼のことを一番よくわかっているのは自分だと思っていたのに。

理解者であることと恋人になることは違うのだと、このとき日菜子は初めて理解した。

いや、そもそも彼は、日菜子が自分の一番の理解者だとも思っていなかったかもしれない。

そんな独りよがりな自分の考えに気づいたときは、恥ずかしくて、居《い》た堪《たま》れなくて……恋愛に対して、一気に自信がなくなった。以来、日菜子は「自分のことを好《す》いてくれる人なんていない」と、諦《あきら》めている節《ふし》がある。

実家から離れた場所での就職を決めたのには、この失恋も大きく影響していた。

「……大丈夫ですか？」

日菜子の問いに、央人は小さく首を縦に振った。そのあとなにかを呟《つぶや》いていたが、傘に当たる雨音によってかき消される。

彼の反応はただの強がりなのだと思った。

こんなときにおかしいが、日菜子は初めて彼に親近感のようなものを覚えた。

営業部のエースとして周囲の期待を一身に背負う彼と、平凡で取り柄のない自分。

会社で央人の評判を耳にするほど、自分なんかが恋をしてはいけない相手だったと思い知らされた。

彼と自分の人生が交わることは、きっと一度もない。そう考えていたけれど、今、一瞬だけ交差しているように思えた。

「大丈夫、じゃないですよね」

確信を持って央人の手を力任せに強く引っ張ると、その身体は驚くほど簡単にぐらりと揺れる。

「――あっ！」

倒れ込んできた大きな身体に、小柄な日菜子はすっぽりと包み込まれた。

生まれて初めての男性との抱擁《ほうよう》に、日菜子の胸がドキドキと高鳴る。ずぶ濡れの央人の身体は冷たいが、なぜか心地がいい。

「ふ、藤崎さ……？」

「大丈夫じゃないって言ったら、そばにいてくれる？」

日菜子の肩にもたれながら、央人は少しだけ顎《あご》を上げて耳元でささやいた。

どこか甘えるようなその声は、日菜子の心にじわじわと広がっていく。

こんなふうに、誰かに求められたのは初めてだった。

自分の恋愛観は間違っていると気づかされ、自分に自信が持てなかった。

だけど今、この人は自分を求めてくれている……

「はい。そばにいます」

――今、この人の力になりたい。

偶然の出来事だけど、他の誰でもなく自分を求めているこの人を癒《い》やしてあげたい。

自分にも、できるかもしれない。

冷たい彼の身体を抱き締めながら、日菜子はそう強く願った。


ずぶ濡れになったふたりは、夜の街を歩いた。

なんとか央人の自宅を聞き出し、近くだったので徒歩で向かう。日菜子は彼の腕を自分の肩に回させて、担《かつ》ぐような格好になっている。

「俺と結婚するより、ジジイの愛人をするほうがいいんだと」

道中、央人はぽつりぽつりと話し始めた。

日菜子と同じく、彼も今日は同僚との飲み会に参加していたらしい。

途中で電話が入り、店の外に出て応対していたところ、中年男性と寄り添って歩く婚約者と遭遇《そうぐう》してしまったのだそうだ。

「彼女がそう言ったんですか？」

「問いただしたら、割とあっさり」

央人を見た婚約者は取り乱していたが、終始隣に立つ人物のことを気にしていたという。

問い詰めた結果、相手は取引先の重役で、妻子持ち。それを承知の上で、長年愛人関係にあることを認めたそうだ。

はあ、と吐き出した央人の息が頬に触れる。

しかも彼女は、『私をずっと支えてくれたのは、央人でなく彼だ』と、謝ろうともしなかったという。だから、その場で婚約を解消しようと告げたのだそうだ。

「ひどい話ですねぇ」

「ある意味、俺も彼女に相当ひどいことしてたから、いいんだ」

「え!?」

まさか央人も浮気三昧《ざんまい》……なんてことはないと信じたい。

「結婚なんて、世間体《せけんてい》を取り繕《つくろ》うためのものだと考えてた。お互い仕事第一で都合がよかったから彼女を選んだまでで、愛とか恋とか甘い感情からじゃない」

「そう、だったんですか……」

もしかしたら央人の婚約者は、そういう想いに気づいていて寂しかったのかもしれない。だからと言って、許される行為ではないが。

「彼女も同じように思っている節《ふし》があるとわかっていたけど、さらに計算高かったみたいだ。とはいえ、まさか自分が天秤《てんびん》にかけられて、条件面で負けるはずないと自惚《うぬぼ》れてた」

央人の婚約解消の裏側には、日菜子にはわからない大人の世界が広がっているようだ。

計算、天秤《てんびん》、条件――？

どの言葉も、「結婚」という幸せなイメージには似つかわしくないように思える。

それにしても……相手の男性を見てはいないが、央人と天秤《てんびん》にかけて目移りするような存在なんているのだろうか。

相手は随分年上のようなので、たんまりお金を持っているとか？

でも、央人だって社内一の出世頭《しゅっせがしら》だ。

――ハマチがブリになるまで、もう少し待てばよかったのに。それに……

「ハマチはハマチで、美味《おい》しいんですけどねぇ」

日菜子は思わずクスリと笑った。

意味不明なことを呟《つぶや》いた日菜子に央人は、のしっと体重をかけてきた。

「恥《は》ずかしい奴だろ、俺って。こんな恋愛しかしてきていなくて」

「私なんて、この年まで誰とも付き合ったことがないんですよ？　確かにいい別れ方じゃなかったかもしれませんが、恋愛経験があること自体、羨《うらや》ましいです」

「……そうか？」

さっきまで央人の話を聞いていたはずなのに、気づけば日菜子は自分の想いを彼にぶつけていた。

「羨《うらや》ましいのは、それだけじゃありません。藤崎さんは今回の結婚に愛や恋はなかったと言ったけど、こんなになるくらいショックだったんでしょう？　つまり、その人のことが好きだったんだと思うんです」

「うーん、どうかな？　どっちにしても俺、結構惨《みじ》めだと思うけど」

自嘲《じちょう》気味に笑った央人の言葉を、日菜子は強く否定する。

「そんなことない！　あなたに想われていたなんて、元カノさんは幸せすぎます。藤崎さんは私なんかじゃ手が届かない、魅力的な人だから」

「……そうかな？」

「そうです！」

ストレートに断言すると、央人はふっと柔らかく笑った。

「君も、十分魅力的だよ?」

「見え透《す》いたお世辞は無用です。私なんか、好きになった人に女として見てもらえなかった」

自分にもっと魅力があれば、未来はきっと違っていただろう。

故郷を離れたのは、なにかを変えたかったからかもしれないし、逃げ出しただけなのかもしれない。

「私にも、誰かいい人が現れないかな……」

「だったら試しに、俺と付き合ってみる?」

思考が一瞬フリーズした。弾《はじ》かれたように顔を上げると、至近距離で央人と視線が交差する。

自分を熱っぽく見つめる瞳を——日菜子は真に受けなかった。

「冗談は、やめてください」

いくら非モテ女子でも、酔っ払いの戯言《ざれごと》を信じるほど愚《おろ》かではない。それに今の彼は、ただ人恋しい気分なだけなのだ。

央人を真っ直ぐに見つめ返して、日菜子はにこりと微笑んで見せる。

「私なんかで妥協しなくとも、藤崎さんはこれから幸せになれますよ。人生は山あり谷あり、悪いことのあとにはいいことがあるって、おばあちゃんが言ってました」

それは日菜子が落ち込んだときに、祖母がくれる魔法の言葉だ。

彩美物産の内定をもらったとき、祖母はとても喜んでいた。失恋したことは知らなくとも、最近の孫娘に元気がないことはわかっていたのだろう。

「きっと藤崎さんにはこれから、いいことがあります。その幸せをしっかり掴《つか》んでくださいね」

央人に伝えるふりをしながら、本当は過去の自分を慰《なぐさ》めていたのかもしれない。

「……俺の、幸せ」

ぼんやり呟《つぶや》いた央人の言葉を聞き、日菜子は大きく頷《うなず》いた。

「はい。立ち上がって、また前を向いて歩き出したら幸せはやってきます」

自信を持って断言し、日菜子は笑う。

すると央人が小さく「そうだね」と言ったから、魔法の言葉は、きっと彼の心にもなにかを残したと思うことにした。

「藤崎さん、着きましたよ」

彼の住んでいるマンションは、偶然にも日菜子のアパートの近くだった。

ここまで勢いで来たが、長く歩いたせいで日菜子の酔いはすっかり醒《さ》めている。

央人は今にも眠りに落ちそうで、問いかけにも反応が薄い。ごにょごにょと返答する央人の内ポケットから鍵を取り出した。

立派なエントランスや上層階へのエレベーターに緊張しながら、玄関ドアを開ける。

「お邪魔します……」

真っ暗な部屋の中に呼びかけた。

「藤崎さん、靴を脱いでください」

「ん……」

ごそごそと靴を脱ぎ、暗い廊下を慎重に進む。リビングの壁をまさぐってスイッチを押したら、メインの照明ではない小さな明かりが灯った。

開きっぱなしのドアの向こうにベッドが見えて、そこまで運び彼を寝転ばせる。

ここまで来たからには、最後まで面倒を見るのが筋《すじ》だろう。

謎の責任感に駆られた日菜子は、我知らず浮かんでいた額《ひたい》の汗を手で拭《ぬぐ》い、央人の隣に正座する。

ネクタイを緩めて首から外し、水分を含んだ重いジャケットも剥《は》ぎ取った。

眠ってしまったのか、央人は上着を脱がせるために身体を揺らしても起きない。

「藤崎さん。風邪、引きますよー？　脱がせますよー？」

遠慮がちに声をかけながら、今度はワイシャツのボタンに手をかけた。

しとどに濡れたシャツは、彼の身体に張り付いている。ボタンを外すごとに露《あら》わになっていく素肌から男の色香を感じて、日菜子は軽い目眩《めまい》を覚えた。

——なんだか、寝込みを襲っているような気分。

指先に触れる厚めの胸板、引き締まった腹筋や浮き出た腰骨のラインが艶《なま》めかしくて、思わず唾《つば》を呑み込んだ。

ちょっと触ってみたいな、という邪念を振り払いつつ、日菜子は央人の上半身を裸にした。さすがにズボンを脱がせるのは憚《はばか》られたので、靴下だけを引き抜く。

脱がせた衣服を抱えてベッドから下り、寝室を出た。

隣室の広いリビングは、きちんと整えられていた。

ひとり暮らしの男の人の部屋は、もっと雑然としているイメージがある。もしかしたらここを綺麗《きれい》に片付けたのは元婚約者かもしれないと思い、胸が苦しくなった。

これ以上、自分にできることはない。そう考えて、衣服を脱衣所にあったかごの中に放り込み、もう一度央人のいる寝室に足を踏み入れる。

「藤崎さん、私、帰りますね」

返事は期待せずに問いかけた。それから先ほど拝借した家の鍵を手近な場所へと置く。

最後に、よく眠っている彼の様子を確認してから立ち去ろうとしたとき、伸びてきた手に腕を掴《つか》まれた。

視界がぐらりと反転して、背中に柔らかな衝撃を受けた。目を丸くする日菜子の上には、央人が覆《おお》い被さっている。

「そばにいてくれるんじゃ、なかったのか？」

心臓を射貫《いぬ》かれたような衝撃を受けた。

暗闇でもわかる強い眼差しから、目を離せない。

「ま、待って、藤崎さん！　私――」

正直こういう展開に憧《あこが》れていた節《ふし》もある。しかし実際に我が身に起こると、金縛りにでもあったかのように身体が動かない。

やっとの思いで声を絞り出し、彼の裸の胸に手を当てて押し返そうとした。だが、その手は強い力に阻《はば》まれて、シーツの上に縫い付けられてしまう。

「――帰るなよ」

抵抗は、できなかった。

ゆっくりと彼の顔が近づいてくるのを、瞬《まばた》きもせずに見つめることしかできない。

「んっ……」

熱い吐息が唇を掠めたと思った次の瞬間、柔らかなものが押し当てられた。下唇を、しっとりとした唇に挟まれ、舌先で舐《な》められる。

「え……!?」

くちゅくちゅという唾液《だえき》の音が鼓膜を震わせて、頭の中が白く霞《かす》んでいく。

「ん……、うんっ!?」

唇の隙間から、ぬるりとしたなにかが入り込む。

初めての感触に日菜子は驚き、反動で拘束《こうそく》された手にぐっと力を込める。すると彼は、指と指を絡めながら日菜子の手を強く握った。

「……ん……ん……」

柔らかくて少しざらざらした彼の舌が、奥で縮こまっていた日菜子の舌の根元に巻き付く。それから、しごき上げるみたいにゆっくりと上下した。

多分これが、ディープキスというやつだ……

強引にされているはずなのに、深く交わるような優しいキスに、日菜子は次第に夢中になっていった。息をするのも忘れて、求められるままに舌を伸ばす。

ようやく唇が離れたときには息が上がり、身体中から力が抜けてしまっていた。

いつの間にか服の下に入り込んだ彼の手に、素肌を直接触られる。日菜子の身体がビクリと大きく跳ねた。

「……嫌？」

至近距離にある央人の目が、不安そうに細くなる。

「嫌、というか……」

――付き合っても、いないのに。

彼が恋人と別れて、まだ数時間しか経っていない。

「彼女は、いいんですか……？」

今はただ人恋しいだけで、日菜子を求めているわけではないとわかっている。

――だけど、そんな顔をされたら、拒めないじゃないですか……

恋愛経験はないが、目の前の瞳に揺らめく情欲がはっきりとわかる。できるなら、その強い炎に焼き尽くされてみたいとさえ思う。

お酒の酔いは醒《さ》めたと思っていたのに、また別のものに酔ってしまったみたいだ。

「彼女のことは……自分でも驚くけど、もう終わったことだと割り切れた。それより今は」

――君が欲しい。

耳元で熱っぽくささやかれて、考えるよりも先に答えは出ていた。

ちゅ、と触れるだけの軽いキスが唇に落とされる。

見上げた先では、央人が蕩《とろ》けるような笑みを日菜子に向けていた。

「とびきり優しく抱くから、君のすべてを俺にちょうだい……？」

もう一度唇が落ちてきたとき、日菜子の心からは一切の迷いが消えていた。

夜半を過ぎて強くなった雨音と競い合うように、激しくベッドの軋《きし》む音が響く。

「あっ、いや、痛……っ、ふじ、さ……あ、あん……っ」

裸にされて、至る所に口づけを受ける。蕩《とろ》けるような愛撫に、日菜子は夢中になった。けれど、彼の指が未開の淫路に触れると、快感だけとはいかなくなる。深く潜《もぐ》ろうとする指を、無意識のうちにぎゅうぎゅう締め付けてしまう。おまけに痛い。

「頼むから、もう少し、力を抜いて……」

大きな手が日菜子の頭を優しく撫でても、その心地よさを感じる余裕はない。

「や……っ、無理……は、んん……っ、あっ、ああっ」

枕に埋《うず》めた顔を、いやいやと横に振る。

力を抜けと言われても、身体が硬直してしまう。引き裂かれるような痛みと突き上げてくる圧迫感に耐えるだけで精一杯だ。

「大丈夫だから、落ち着いて」

持ち上げられた手を、彼の首のうしろに回される。

胸の膨らみを揉まれながら、硬く尖った頂《いただき》を指で擦《こす》られていると、不思議と痛みが和《やわ》らいでいくような気がした。

「あ、んっ、あ……ふじさ、き……さ、あっ、ああんっ」

――身体の強張りが解《ほぐ》れて、一番深いところで繋がる頃には、もうなにも考えられないくらいに溺れていた。

数時間後。

外が明るくなる前に、日菜子は目を覚ました。

興奮から冷めたせいか、下半身の痛みを鮮明に感じ、昨晩の出来事は現実だと教えてくる。

秘かに憧《あこが》れていたとはいえ、ほとんど面識もない人と一夜をともにしてしまうなんて。

そんな大胆な行動が自分にできるとは思ってもいなかった。

ふと隣を見ると、央人が静かな寝息を立てている。

穏やかな寝顔を見ていると、なんだか照れくさくなってきた。これを機に、二人の仲がどうこうなるとは思っていない。しかし、知り合うきっかけくらいにはなっただろうか。そんな淡い期待を抱《いだ》き始めたとき――

央人が、わずかに身じろぎする。

「……セリ……」

昨日は愛おしかったはずの声が、絶望的に響いた瞬間だった。

それから彼は日菜子に背を向けるように寝返りを打つと、ふたたび寝入ってしまう。

「セリ」というのは、別れた彼女の名前なのだろう。

――昨晩の彼は、人恋しかっただけ。日菜子は、現実を思い出した。

彼が自分なんかを選ぶわけがないと、わかっているつもりだった。

それなのに必要とされているように感じて、また勘違いしそうになるなんて。

日菜子は猛烈《もうれつ》な恥《は》ずかしさに襲われて、即座にベッドから抜け出した。衣服を身につけ、数分後には彼の部屋を出る。

この一夜に関して日菜子は、ベッドインだけでなく、逃げ足だって速かった。


後日、会社の廊下で央人とすれ違った。

しかし彼が日菜子を見ても、反応することはない。きっと彼は、あの夜のことをなにも覚えていないのだろう。

だったら自分も忘れるべきだ。日菜子も、一度はそう考えた。

ずっと好きだった人には振られ、初体験の相手には忘れられ、自分はよほど恋愛には恵まれない星の下に生まれたらしい。

だけど、芽生えてしまった気持ちは消えない。

初体験をした身体の痛みは消えても、彼を想う気持ちだけは消えずにずっと残っている。

あの日、日菜子は完全に恋に落ちてしまった。

違う誰かを想っていても、彼に求められたことが忘れられない。

運命の悪戯《いたずら》によって、決して交わることがないと思っていた彼の人生に、一瞬だけだが交差してしまった。

望みはないとわかっているのに、もう引き返せない――

だから、自分の諦《あきら》めがつくまでは、何度でもアタックし続けようと決めたのだった。

三　日菜子も歩けばワンチャンスあり

央人のそばで同じ時間を共有して、自分のことを知ってもらいたい。

その一心で日菜子はこの二年間、仕事に打ち込んできた。そうしてようやく彼の部下になれたのだが、心の距離はなかなか縮まらない——

「藤崎課長、お注《つ》ぎしまーす」

ここは居酒屋。そして今日は、二か月前に異動してきた日菜子の歓迎会。

このひと月、営業事業部は多忙を極めていたため、仕事が落ち着いた本日の金曜、会が開かれることになった。

広いお座敷の長テーブルの向こう側、部内屈指の綺麗《きれい》どころ二人が、央人の両脇できゃっきゃと騒いでいる。

その様子を羨《うらや》ましく思いながら、日菜子は手にしたビールをちびちびと飲んでいた。

事務の末席である自分のために、どれだけの人が会に参加してくれるものかと心配していたが、出席率はなかなかのものだ。

日頃忙しくあちこちを飛び回る営業は、全員がオフィスに顔を揃えることは少ない。

だから定期的に飲み会が開かれているとは聞いていたが、予想以上に盛り上がっている。

特に女子社員は、ほぼ全員が出席していた。彼女らの参加率が高いのには、ある人物の存在も影響しているだろう。この会を企画した先輩たちは、真っ先に央人の予定を確認していた。

つまり彼女たちにとって、部の飲み会は央人とお近付きになるチャンス。今日の会だって、それが目的という人も多いに違いない。最初からわかっていたものの、やっぱりライバルが多い。

それでも日菜子には心の余裕があった。なぜなら、今日の主役は自分。

央人たち役職付きが座る上座《かみざ》のほうに、自分も通されるはず――と思っていたが、甘かった。

肝心の央人が『上司に両脇を固められたら、ゆっくり飲めないでしょう?』と言い、小金井とともに序盤で会場の隅へと移動してしまったのだ。心配してもらえるのはありがたいが、その気遣いは悲しかった。

央人がそう言って移動したあとは、女子社員たちの民族大移動が起こった。そして今、央人たちの隣を巡って熾烈《しれつ》な戦いが繰り広げられている。

上座《かみざ》には、日菜子と部長が取り残された。

「部長、お注《つ》ぎしますね」

「ありがとう。今日の主役にお酌《しゃく》させて申し訳ないね」

日菜子は、央人争奪戦をただ傍観《ぼうかん》するしかない。

「これだと、どっちが上座《かみざ》かわからないね」

目の前の光景にハッハッハ、と人のいい笑みを浮かべる部長は、娘ほど年の離れた日菜子のお酌《しゃく》にご満悦《まんえつ》な様子だ。

「そうですねぇ……」

——本当は、私もあっちに参加したかった！

そうは言っても、部長をないがしろにするわけにはいかない。この場を離れる術《すべ》もなく、時間だけがただ過ぎていく。

そうこうする間に、やがて女たちの戦いに決着の色が見えてきた。

「……やっぱり藤崎課長は手強《てごわ》いわね」

「小金井係長も。二人して仕事の話で盛り上がられたら、私たちは入れないわよ」

相手にされなかった者同士が、肩を落として慰《なぐさ》め合う。

「せっかくのお酒の席なんだから、違う話をしてくれればいいのに。課長って、あれからずっと、特定の彼女を作ってないんでしょう？」

「アレって、婚約破棄のこと？」

「どんな事情か知らないけど、課長ならまたすぐに別のいい人ができて結婚しちゃうものだと思ってた。そういえば、秘書課の白川《しらかわ》さんが最近告《こく》ったらしいけど、呆気なく玉砕《ぎょくさい》したみたいよ――」

どこからともなく聞こえてくる話に、日菜子は聞き耳を立てていた。

そのうちに、央人の周囲から人が減り、彼の様子を確認しやすくなった。

――結構お酒を飲んでいるようだけど、大丈夫なのかな？

「あの夜」、央人がどれだけの量のアルコールを摂取したかは定かではない。けれど、泥酔《でいすい》していた姿から、それほどお酒に強くないのではないかと思えた。

さっきから部下たちが代わる代わる、瓶ビールを片手に彼のもとを訪れている。日菜子は気が気でなかった。

――気になる。「大丈夫ですか？」と、せめてひと声掛けたい。

目標までの距離、およそ五メートル。

まずは、この場からこっそり立ち上がり移動する。そして央人の席についたら挨拶《あいさつ》をしながらさりげなく隣に座る。最後に、ごく自然な会話から話題を膨らませて興味を引き……！

我ながら完璧な作戦だ。

いざ決戦の地へと向かうため、席から立ち上がる。

「桃井さん、どこに行くの？」

立ち上がったとほぼ同時に、第一関門《かんもん》の部長に声をかけられた。

「はい。そろそろ、他の皆さんにもご挨拶《あいさつ》しようと思って」

笑みを浮かべながら、央人たちが座るほうへとチラリと視線を動かす。

「ああ。藤崎くんたちも、そろそろ落ち着いたみたいだね」

――ぎゃあ！　名前は、出さないで……

「やだ。新人だからってイマドキお酌《しゃく》なんてして回らなくてもいいんだってば」

部長が彼の名前を挙げたものだから、近くにいたライバルたちに動向を察知されてしまった。

計画は第一段階から失敗である。

「若い女の子にお酌《しゃく》を強要なんて、セクハラやパワハラになっちゃいますよ。ねえ、部長？」

「ああ、うん。そうなの、かな？」

さっき自分がお酌《しゃく》をしてもらったからか、部長はバツの悪そうな顔をしている。しょんぼりしながら手にしていたビールを一口飲む姿が悲しい。

日菜子が進んでしたことなので部長が気にする必要はないのだが、今はそれをフォローしている余裕はない。

やはり、敵は手強《てごわ》い。でも、この程度の妨害は日菜子も想定済みだ。

「自発的ですから、セクハラで訴えたりしませんよ。新人が上司にご挨拶《あいさつ》するのは当たり前じゃないですか。上から順番に回って、あとから先輩たちのところにも伺いますね」

もっともらしい理由をつけて、まずは第一の難所をクリアした。

「あれ、桃井。どこ行くの？」

続く第二関門《かんもん》は、すぐにやってきた。

仲間と数人で固まって盛り上がっていた常磐が、日菜子に手招《てまね》きする。

無視をするわけにもいかず、仕方なく、すぐに立てそうなところで膝をつく。

「こっちで一緒に飲もうよ」

「お誘いは嬉しいんですが、遅くなったけど課長たちに挨拶《あいさつ》しようと思って……」

「えー！　そういう堅苦しいのはナシナシ。あの二人は、新人が挨拶《あいさつ》に来ないからって文句を言うような人たちじゃないから」

常磐の意見はもっともで、央人も小金井も大らかなタイプだ。むしろ、大して親しくもない部下がわざわざ寄ってくるほうが、煩《わずら》わしいと考えていそうである。

――だからって、なにもせず引き下がることはできない！

「それでも、最初が肝心ですから。礼儀知らずって思われるよりはマシでしょう？」

やらずに後悔するより、やって後悔するほうがいい。反省はあとでいくらでもする。

央人が挨拶《あいさつ》を求めていないことも、お酌《しゃく》を断られることも、織り込み済みだ。

それでも、なにか爪痕《つめあと》を残したい。

「そうかな？　……だったら、ビールくらい持っていかないと」

そう言って常磐が、瓶ビールを差し出した。

これ以上、央人に飲んでほしくないが、なにも持たずにお酌《しゃく》に行くというのはおかしな話だった。

受け取ろうと手を伸ばすが、常磐はすんでのところで瓶を引く。

「あの……常磐さん？」

「タダで渡すわけないじゃん。せめて、一杯くらい飲んでってよ」

ニヤリと笑った常磐は、近くにあった空《から》のグラスをぐいぐいと日菜子に押しつける。

「アルハラですよ」

「俺はただ、同期との友情を育《はぐく》みたいだけだよ」

「同期って言っても、入社時期も違うし、常磐さんは年上じゃないですか」

「同じ時期に配属されたんだから似たようなもんだよ。それにしても、ここの連中は飲み会好きだよな」

「おお！　俺たちも一緒に飲むぞ！」

常磐と押し問答を繰り広げていると、彼の隣から別の同僚がひょっこりと顔を出す。

——気がつけば、常磐と一緒に飲んでいた仲間たちがわらわらと集まっていた。

「あの、私は先に課長たちに挨拶《あいさつ》へ……」

「え、桃井さんも課長狙い？　やめときなよ。あの人、会社の人間には絶対に手を出さないって有名だよ？」

「それでも、玉砕《ぎょくさい》覚悟でアタックする人が続出してるし。そんなにモテるって羨《うらや》ましいぞー！」

程よくアルコールが入っている男性一同は、課長のモテっぷりを口々に語り出した。

バレンタインデーには、チョコを受け取らないと宣言しているにもかかわらず女子社員が殺到するとか。また、女子社員に自宅の前で待《ま》ち伏《ぶ》せされたことがあり、めちゃくちゃ警戒しているらしいとか。秘書課のマドンナが告白してフラれた結果、しばらく会社を休んでいた——とか。

独身男性には羨《うらや》ましい限りのエピソードが、出てくる、出てくる。ついには、悔しさのあまり涙ぐむ者まで現れた。

「常磐さん、ちょっと飲みすぎです。そろそろウーロン茶をもらいましょうか？　ああ、そっちも、お料理が全然減ってない！　なにかお腹に入れないと、酔いが回っちゃいますよ。それに、食べないともったいないでしょう？」

あれこれと手を出しているうちに、段々といつもの世話焼きの血が騒ぎ始める。

「そっちのコップとお皿、邪魔になるから下げておきますね。ビールはまだありますか？　お水かお茶が必要な人はいませんかー？」

「なんか桃井さん……お母さんみたい」

誰かがぼそっと呟《つぶや》いた言葉に、忙《せわ》しなく動かしていた手をピタリと止めた。

――しまったぁ！　こんなことしてる場合じゃなかった！

いつものノリで、つい手を出していた。

日菜子の実家がある田舎《いなか》では、よく宴会が開かれる。親戚や近所のおじさん連中が集まったときは、日菜子も手伝いに駆り出されていた。

「お母さんは失礼だろう？　桃井は、女の子なんだから」

急に固まった日菜子を、常磐が心配そうに見つめている。

「常磐さん。私は女の子じゃなくて、もう立派な大人です」

日頃から子供扱いされることが多いから、引っかかってしまった。

「なんだ。せっかく常磐がいい感じにフォローしたのに、ラブストーリーには発展しなかったな」

いつの間にか日菜子の背後に立っていた小金井が、そんなことを言いながら噴き出した。

――小金井係長、いつの間に！

でも彼は、ずっと央人の隣に座って飲んでいたはずだ。

「あの……藤崎課長は、どちらに？」

慌てて確認するが、彼らのいた一帯はすでにもぬけの殻になっている。

「ん？　あいつなら用事があるってさっき抜けたぞ。桃井にもよろしく言っといてくれってさ」

「そんなぁ……」

なんということだ。辿《たど》り着く前に、目標が姿を消してしまうとは。

——ミッションは、あえなく失敗した。


店を出たあと、日菜子は二次会に誘われた。

しかしそれを断り、駅までの道のりで、ひとり反省会をする。日菜子が使っている路線の駅は繁華街《はんかがい》とは逆方向にあるので、人通りが少ない。

——なんで自分は、こんなにもツイてないんだろう？

数日前、せっかくハート……の卵焼きを食べてもらえたのに、あれからまるで進展なし。挨拶《あいさつ》さえできなかった異動前と比べれば進歩しているが、道のりは長い。

名前も知られていなかった存在から部下へ。その次は、頼れるサポーターと認められて……少しずつステップアップしていくことが、日菜子の計画である。

では、最終目標は――きちんと存在を認めてもらえた後、彼とどうなりたいかまでは、自分でもよくわからない。彼の恋人……なんていうのは、高望みしすぎな気がする。

自分でもまだ見えない彼との関係のゴールを考えていたら、歩みが自然と速くなっていた。勢いのまま角を曲がったとき、路地から出てきた人物とぶつかりそうになる。

「あれ、桃井さん？」

「え――、あっ、か、課長!?」

そこにいたのは、央人だった。

これは夢か、幻か。どうしても会いたいと、彼のことばかり考えていた自分が都合よく見ている幻想ではなかろうか。

「もう帰り？　桃井さんの家もこっちの路線？」

日菜子に気づいた央人は驚いた様子を見せたが、すぐにいつもの笑顔になる。

――喋《しゃべ》ってる。ああ、夢じゃない！

「はい、そうなんです」

元気よく答えた途端、彼の顔が一瞬だけ曇ったような気がした。

日菜子の頭に、先ほど常磐たちから聞いた話が浮かび、ハッとする。

『熱心なファンに待ち伏《まぶ》せされたことがあり、めちゃくちゃ警戒しているらしい』

──もしかして、自宅を探し当てたと思われた⁉

「ち、違いますよ⁉　課長のあとを付けて、とかじゃないんです！　たまたま家が近所ではありますが、近いといっても徒歩だと結構な距離です！」

「……桃井さん、俺の家を知ってるの？」

──しまったぁ！　墓穴《ぼけつ》を掘った！

「あの夜」、偶然にも央人の家を知ったが、彼はそのことを覚えていないのだ。

「じ、人事部のときに書類を見て、同じ路線だなって思っただけで、職権濫用《しょっけんらんよう》とかはしてないですよ⁉　私が住んでいるアパートは、不動屋さんに治安がいいって薦《すす》められて、就職してすぐに借りたもので！」

ストーカー認定されるのは嫌だと、身振り手振りを交《まじ》えながら必死で弁解する。

その結果、一応信じてもらえたらしい。

「わかった。わかったから落ち着いて。別にそこまで疑ってないよ。帰りが早いなって思っただけ」

往来で騒ぐ日菜子の頭に、央人は大きな手を優しくぽんと置いた。

日菜子はホッと胸を撫で下ろすと同時に、きゅんとときめく。今夜はシャンプーをパスすることが決定した。

「今日の主役なのに、二次会の誘いはなかった？」

いつも通りの穏やかな笑みで、日菜子を気遣う。

「常磐さんは誘ってくれたんですけど、電車の時間があったので断ったんです」

一次会が早めにお開きになったことで、気にした常磐が声をかけてくれたが、適当な理由をつけて断ってしまった。

電車は口実で、本当はまだ余裕があるのだが、気分が乗らなかったのだ。

央人と喋《しゃべ》れず落ち込んでいたけれど、思わぬところに運は残っていた。

見たところ、央人に連れはいない――絶好のチャンスじゃないだろうか。

いつもなら、彼に話しかける前に綿密《めんみつ》な脳内シュミレーションを繰り返す。そうしなければ、絶対失敗して、最悪嫌われるかもしれないからだ。でも今は、そんなことをしている場合ではない。

「あの、課長！　ここで会ったのもなにかの縁ですし、せっかくなんで、一杯どうですか？」

ありったけの勇気を振り絞って、おちょこをくいっと呷《あお》る動作を繰り出す。

――これじゃ、中年サラリーマンじゃないか！

女性から誘われる経験は数あれど、こんなオヤジ臭い誘われ方をしたのは初めてだろう。やはり央人はポカンとしている。

「でも、電車の時間があるんじゃないの？」

「うぐっ、それは……まだ少し、いや、かなり余裕が……いえ、課長とご一緒できるなら、この際タクシーで帰ることになっても構わないというか……うん。今月は余裕があるから、それくらいの出費はなんとかなる！　……多分」

「――ぶっ！」

ブツブツと呟《つぶや》いていると、央人が急に噴き出した。

――ああ、詰んだ。

「ごめん……桃井さんの心の声がダダ漏れで、面白くて」

口元を覆《おお》いながら顔を背《そむ》けて笑う彼の姿は、普段はなかなか見られないレアものだ。

とはいえ、これは十中八九《じゅっちゅうはっく》失敗だろう。

自分の恋愛スキルでは、こんな予行練習もない状態で上手くいくわけがない。めったに見られない彼の姿を見られたのだから、今日のところはそれで満足するしかない。てっきりまた、いつもの調子で断られると思っていたのに――

「そうだね。せっかくだから飲み直そうか」

日菜子は勢いよく顔を上げる。

――聞き間違いじゃない、よね!?

「桃井さんと話してたら、なんだか和《なご》んだ。それに、これもいい機会かもしれないし。どうする、行く？」

「い、行きまーーすっ！」

心の中でこっそりとガッツポーズしたつもりが、実際に拳を握り締めていたらしい。

「桃井さん、手……」

またしても央人に笑われてしまった。恥《は》ずかしくて俯《うつむ》いていると、彼の優しい声がする。

「それで、どこか行きたい店はある？」

「いや……そう言われましても」

自分から誘ってみたものの、心当たりはない。チェーン店の居酒屋は知っているが、せっかく二人きりなのに、そんなところに行くのは惜しい。

もっと、落ち着いた大人な店はないかと周囲を見回していると、ふと高いビルが目に留まった。

「あそこにしましょう！」

日菜子が指差したのは、駅前にあるシティホテル。行ったことはないが、最上階にバーラウンジがあることは知っている。ああいう雰囲気こそが央人にはピッタリ合っている。

「あそこ？」

差し示された場所を見た央人はきっと、日菜子には似合わないチョイスをしたことに面食らったのだろう。驚いたような声を上げた。

「はい！　あそこがいいです」

少々値は張るが、せっかくのチャンスに出し惜しみはしない。それに、ここでの振る舞いによっては、『桃井さんって、意外と大人な一面もあるんだな』と思ってもらえるかもしれない。そうなれば、ギャップ萌えが期待できる。

意気揚々《いきようよう》と歩き出したものの、ホテルのエントランスに足を踏み入れた途端、興奮は吹き飛んだ。

──わ、私なんかが入っても大丈夫⁉

外観から想像していた以上にゴージャスだった。

フロントやロビーには、立派な制服を着た従業員がたくさんいる。それにお客は皆、落ち着いた雰囲気で完全に萎縮《いしゅく》してしまう。

お陰で、上階へと向かうエレベーターに乗る頃には、すっかり無言になっていた。

そうやって辿《たど》り着いたバーもまた、入り口に立つだけで緊張する。

恐る恐る中を窺《うかが》っていると、カウンターにいたバーテンダーがこちらに気づき、軽く会釈《えしゃく》した。

淡いオレンジ色のライトに照らされ、ジャズの流れる店内は、想像以上にムード満点だ。

緊張のあまり石化して、中に入ることさえままならない。

「大丈夫？」

「へ？　だ、大丈夫ですよ」

明らかに臆《おく》してしまっているのを悟られまいと、なんとか返事をした。

しかし央人に行こうと促《うなが》されても、やたらと毛の長い絨毯《じゅうたん》に足を取られて、うまく歩けない。

さり気なく先を歩いてくれた央人の背中に隠れるようにしながら続く。

日菜子たちは、夜景の広がる窓に面したカウンター席へと通された。

当然、日菜子の隣には央人が座る。シートはひとつずつ独立しているけれど、思っていたよりも距離が近い。

「なにが飲みたい？」

身体を乗り出した央人の肩が日菜子の肩に触れる。お互いの衣服が擦《こす》れる感触に、日菜子の身体が大きく跳ねた。

「うああ、あの、メニューとかは？」

「ああ、そうだね。持ってきてもらおうか」

央人が通りかかった店員に告《つ》げると、すぐにメニュー表が運ばれてきた。

しかしすべて英語で書かれている上に種類も豊富で、なにがなんだかわからない。

冷静になって読めば知っている単語も見つけられるだろうが、舞い上がっている日菜子の目には文字が滑っていくばかりだ。

「桃井さんはお酒は強い？　甘いのがいいとか、飲みやすいのがいいとか――」

日菜子の手にしたメニュー表を覗き込むようにして、央人の顔がさらに近づく。

――ち、近い！

彼から漂う、微《かす》かなシトラスの香りが鼻腔《びこう》をくすぐる。

間近にある、きめ細やかな頬に目を奪われて、話が耳に入ってこない。

結局、央人に薦《すす》められたものをオーダーして、顔が離れたところでようやくホッと息を吐く。

「そんなに緊張しなくても、取って食べたりしないのに」

注文を済ませた央人がクスクスと笑い出す。

恥《は》ずかしくて直接彼を見ることはできないが、窓に映ったその顔をそっと眺める。

彼は可笑《おか》しくて仕方がないといった具合だ。

いい格好をしようとしていた日菜子のもくろみは完全にバレていた。

「無理して背伸びするからだよ」

「無理なんてしてません！　ただ、ここは初めてだから、ちょっと緊張しただけなんです」

ムキになって否定する日菜子に、央人は片眉を上げる。

「そこは嘘でもいいから、俺に緊張してるって言うところだよ」

「へ……っ!?」

驚いて目を見開いた先で、央人はますます笑みを深くした。

──敵は、日菜子が思うよりも、遥《はる》かに大人だ。

ほどなくして二人の前に飲み物が届けられた。

央人が頼んでくれたのは、ファンタジアという名のカクテル。深めのタンブラーグラスには氷と一緒にレッドとグリーンのチェリーが沈んでいて、見た目も可愛らしい。

央人の手元には、ウイスキーのロックが置かれている。

日菜子はさっそく、グラスに口をつけた。

「美味《お》しい……!」

爽《さわ》やかな酸味のあとに、優しい果実の甘さが残る。鼻を抜けていくのは、桃の甘い香りだ。

「せっかくだから、君に因《ちな》んだカクテルにしたんだよ」

央人はそう言うと、手にしたグラスをゆっくりと傾けた。

──なんだか、いちいちかっこいい。

つい見惚《みと》れていると、入り口で会釈《えしゃく》してくれたバーテンダーがチーズとチョコレートを運んできた。

「お連れ様がいるのは珍しいですね」

「ええ。会社の部下なんですよ」

会話を交わす二人の様子は親しげだ。

「もしかして課長、よく来るんですか？」

「たまに、ね。仕事の帰りに一人で来るんだ」

「だからさっき、私がここがいいって言ったとき、驚いたんですね」

不思議な顔をされた理由がわかり、ちょっとすっきりした。

日菜子は改めて、眼下に広がる夜景を眺める。

すぐ下の道路には、忙《せわ》しなく車が行き交う。対照的にこのバーの中には、ゆったりとした時間が流れている。

この場所は、央人が日頃の喧噪《けんそう》を離れ、誰にも邪魔をされずにリラックスできる特別な空間だったのかもしれない。

「……私、誰にも言ったりしません。課長の大切な場所はちゃんと守るので、安心してください」

自分を連れてきたことによって、彼の安息の地が奪われてしまうのは不本意だった。

そんな日菜子の想いは、央人に通じたらしい。

「ありがとう。そうしてもらえると助かる」

優しく微笑みかけられて、日菜子の肩からほんの少しだけ力が抜けた。

――やっぱり、かっこいい。

一日見たときから惹かれていたが、日菜子は央人の笑った顔が一番好きだ。

「でも課長、あんまり飲みすぎちゃダメですよ？」

歓迎会で結構飲んでいた姿を目撃している。深酒して身体に障《さわ》らないかと心配だ。

グラスを握る央人の手に自分の手を添え、やんわり制した。

「どうして？」

「さっきも、いろんな人に飲まされてたじゃないですか。酔い潰《つぶ》れたりしたら、帰るのが大変ですよ」

体力自慢の日菜子であっても、央人を抱えて夜道を延々と歩いたのはさすがに辛かった。翌日は身体の節々が痛んだほどだ。

「……適当に断っていたし、そんなに飲んではいないから大丈夫だよ」

「そうですか？　それならいいんですけど――ああっ!?　失礼しました」

どさくさに紛《まぎ》れて央人の手に触れていたことに気づいて、我に返った。

日菜子は慌てて手を離し、恐縮して身体を縮める。

そんな日菜子を見つめながら、央人はなにか考えているようだった。

「君は……とても、面白いね」

「そうですか？　そんなに笑いを取れるトークはできないと思いますけど」

「いや、散々笑ったけど、そういう意味じゃなくて。こうやって桃井さんと話すのは初めてなのに、なんだか初めての気がしない」

――もしかして、なにか覚えているの？

日菜子の身体に、一気に緊張が走った。

「そう、ですか？」

気づいてほしくないわけではないが、なんとなくもう思い出してもらわなくてもいいような気になっていた。

あの夜の央人は普通の状態ではなかっただろうし、悲しい思い出をいつまでも抱えていてほしくない。

それに――あの夜にあったあれこれを聞かれるのは、かなり恥《は》ずかしい。乱れた自分の姿や具体的な行為の内容など……万が一にも尋ねられたら、羞恥《しゅうち》で爆発してしまうかも。

今は異動して彼の部下になれたのだし、仕切り直してこれからの自分を見てもらいたい。

「自分からホテルに誘ってくるぐらいだから、実は遊び慣れてるのかと思った」

「――ぶっ！」

口に入れたカクテルを、思わず噴き出しかけた。

ストーカー疑惑の次はビッチ疑惑とか、自分はどれだけアピールが下手なのか。

「そ、そんなつもりではないですよ!?」

「だろうね。でも、相手が俺でなければ、勘違いされてもおかしくないよ。他の男を誘うときは、気をつけるべきだね」

央人は日菜子から視線を外すと、手にしていたウイスキーを一口飲んだ。

「他の人なんて、誘ったりしません……！」

他にも当てがあるような言われ方に、つい語気が強くなる。

日菜子がどんな想いで今日ここに誘ったのか、わからない彼ではないだろう。

――私が好きなのは、あなただけなのに。

「そうか。でも、俺はやめておいたほうがいい」

顔を見ずに告げられた言葉は、日菜子の気持ちを受け入れるつもりがないことをはっきりと示していた。

「どうしてですか……!?」

「君では、手に負えないから」

食い下がろうとする日菜子を、央人は窓ガラスを介して見つめた。

「慣れていないふりをしているのかと疑いもしたが、君の行動は一貫して、いい意味で子供だった。君だって、俺との違いに気づいたはずだ。無邪気な子供と付き合えるほど、俺は若く清らかじゃないんだよ」

挑発的な眼差しに、二人の間には想像以上の高い壁があることを知る。

それは年の差であり、経験値の違いであり、なんにせよ簡単には乗り越えられないものだ。

――だけど、そんな理由では諦《あきら》められない。

「私だって、なにも知らない子供じゃありません……」

たった一度きりだが、一夜限りの恋をしたことだってある。

積極的に一夜で終わりにしたわけではないが、あの夜のことを今でも後悔していない。

翌朝、彼の口から元婚約者の名前を聞き、傷つきもした。

勢いに任せて避妊せずに行為に及んだため、不安な夜も過ごした。結果的に、取り返しのつかない目に遭《あ》わなかったからかもしれないが、彼を好きな気持ちは変わらなかった。

日菜子とて、生半可な覚悟で、現在の状況を選んだわけではない。

叶うことはないとわかっていて想い続けるのは、やっぱり辛いときもある。

でも、報われなくてもいい、それでもそばにいたいという気持ちを止められなくて……

恋心は日を追うごとに膨らんでいく。こうして話ができるようになってからは、以前よりももっと、彼のことが好きになった。

――央人は日菜子のことを、男を誘ったりするはずのない子供だと思っているようだ。先ほど一度は日菜子もそれを肯定したが、もしも今、「本当は、そういうつもりでここへ誘った」と切り出したら……

「あの、課長……」

一度目を閉じて、大きく息を吐く。それから、日菜子は身体ごと彼のほうへ向く。

「もし私が、本当はそういうつもりでここへ誘ったと言ったら、課長はどうしますか……？」

ドキドキと脈打つ胸を押さえながら、ありったけの勇気を込めて央人を見つめる。

彼の瞳が、ゆっくりとこちらに向けられた。

「さあ？　どうだろうね」

間髪《かんはつ》容《い》れず、完全なる棒読みで答えられた。

「……絶対に、断る気ですよね？」

――ズルイ！　考えもしなかった！

やはり敵は手強《てごわ》い。ドキッとして、動揺してほしかったのに。

せめて、もう少し酔っ払って判断力を鈍らせてから投げかければ勝算があっただろうか。

日菜子はやけっぱちになり、グラスに残っていたカクテルを呷《あお》り、おかわりを注文した。

央人から『そろそろ帰ろうか』という、試合終了の言葉を聞くまでは粘ると決めたのである。

そこからは『趣味は？』とか『好きな食べ物は？』とか、央人を質問攻めにした。

彼について知らないことは、まだまだたくさんある。趣味は読書で、食事は和食派。年の離れた妹がいて、実家では猫を飼っている。

好きな人のことを、本人の口から聞けるのは楽しい。

楽しすぎて、ついついお酒も進んでしまった。

「課長ー？　課長は、好きな人とかいるんですかー？」

ぐらぐらと身体を揺らしながら、空《から》になったグラスをドンッとカウンターに置く。

気がつけばもう数杯目――日菜子は、すっかり酔っていた。

「桃井さん、大丈夫？　だいぶ呂律《ろれつ》が回ってないけど」

「大丈夫です！　それよりー、好きな人ですよ。す・き・な・ひ・と！」

「今はいないよ」

央人の言葉に、日菜子はぱあっと顔を輝かせる。

「でも、忘れられない人はいる」

光が差したのは、ほんの一瞬だった。

「ううっ……それってやっぱり、前の彼女、ですよね？」

思い当たるのは、元婚約者しかいない。

「いや。そういうわけでは――」

口を開いた央人を制し、日菜子は突然、彼の手を自分の両手で包み込む。

「桃井さん？」

「いつまでも過去に囚《とら》われていちゃダメなんです！　いいですか？　誰かが言ってましたけど、地球上に男の人は三十五億とあと五千万人もいて、女の人はそれ以上いるんですよ!?」

もちろんその中には日菜子も含まれる。

かなり広い目で見れば、日菜子も央人の恋人候補に入っているはず――だと信じたい。

だが、それだけの人がいても、彼は元婚約者を想っている。他の誰も求めていないのだと思うと寂しくて、鼻の奥がツンとする。

彼を癒《いや》せるのは、世界でたった一人、元婚約者だけ……なのだろうか。

「やっぱり飲ませすぎたみたいだね。そろそろ出ようか……」

突然ぼろぼろ泣き始めた日菜子に、央人は呆《あき》れ顔だ。

「イヤですー、まだ、帰りたくないんですー。もう少しだけ、一緒にいたいんですー！」

「……煽《あお》り文句なのに、ムードがないよね」

一応、日菜子も誘い文句のつもりで言ったのに、全然、まったく、動じてない。

それが逆に日菜子をヒートアップさせていく。

あの夜を越えて、彼には幸せになってほしかった。なのに央人は今でも、たった一人に縛られ続けている。

「だって……たくさん悲しんだ分、課長には幸せになる権利があるんです。それなのに、ずっと立ち止まったままじゃ、幸せにはなれないんです。私じゃ、役に立てなかったんですか？　まだ辛いことがあるなら、私、あなたのそばにいますよ⁉」

ほら、こんなふうに、と彼の手を握る手に力を込める。

ふいに、「あの夜」彼に握られた手の感触が蘇《よみがえ》った。

あの日、央人に手を握られたことが、たまらなく嬉しかった。

自信喪失していた自分に、央人は手を差し伸べてくれたのだ。

恋なんて縁のないものだと思っていたのに……央人を好きな気持ちが溢《あふ》れてどうすることもできない。

「――桃井さんが？」

涙で歪《ゆが》む視界に、困惑の色を浮かべる央人の瞳が映る。

ここで「はい」と答えたら、またあの夜と同じことになるのかもしれない。

でも、そうすることによって今度こそ彼が前に進めるのなら構わないと思った。

それに、今日の央人は泥酔《でいすい》してはいない。翌朝記憶をなくしていて、そっくりそのまなかったことにはならないだろう。

もっとも、気まずくなってもう二度と笑って話せなくなるかもしれないけれど——

「私でよければ、喜んで」

握ったままの手に想いを込めて、彼を見つめる。央人の表情は読めない。

彼の骨張った指が、緊張で強張った日菜子の頬を撫でた。

「——後悔するなよ？」

ささやかれた声は、いつもと違って強い口調だった。

いつもと違う彼の雰囲気に怯《ひる》みつつも、しっかりと首を縦に振る。

後悔はしない——いつまでも一夜の夢に追い縋《すが》って過ごす日々は、今日で終わり。

これでやっと、現実に戻るのだ。

彼の返事を聞いたあと、極度の緊張から解放された日菜子は強烈な睡魔に襲われた。

央人が少し席を離れた間、耐え切れずカウンターに突《つ》っ伏《ぷ》す。

その後、戻ってきた彼に手を引かれてバーを出たような気がするが、その後の記憶が曖昧《あいまい》である。夢見心地でふわふわしていて、とても幸せな気分だった。

「えっ!? あれ、いつの間にこんなところに!?」

「バーを出て、この部屋に来たんだろ？ 覚えてないのか？」

――はい、まったく……

目の前の央人は、すごく驚いた顔をしている。きっと、ここへ来るまでの間にいろいろ説明してくれたことを自分が全部忘れているのだろう。

「あの、バーのお会計は？ この部屋にはどうやってチェックインを？」

「君がウトウトしている間に、全部済ませた」

「はあ……そう、ですか」

自分から誘っておいて、なにもかもお任せしてしまい面目《めんぼく》ない。

頭を抱えていると、央人から「先にシャワーを浴びる？」と尋ねられた。

きっとここで「酔った勢いでした、ごめんなさい」と謝れば、彼はこのまま帰してくれるだろう。しかし、日菜子の決心は揺るがない。

一瞬、記憶を飛ばしかけたが、今はばっちり酔いが醒《さ》めている。自分の意思でバスルームに向かった。

そして今――日菜子はふたつあるベッドのうちのひとつの上で、バスローブ姿で正座待機している。

現在、央人は入れ違いでバスルームを使っている。

――今日、央人をバーに誘った目的は、彼ともう一度エッチをすることではなかったと思う。

それがどうしてこうなった。

無鉄砲な自分の行動を呪うが、好きな人と一夜を過ごせることが嬉しくもある。

そうこうしている間にガチャリとドアが開き、頭にバスタオルを被った央人が出てきた。その瞬間、日菜子の身体が大きく跳ねた。

央人は、そんな彼女を見て目を丸くする。

「逃げ出さなかったのか……」

髪を拭《ぬぐ》う彼の手が止まった。

ベッドの端に腰を下ろした央人は、濡れた前髪の間から真っ直ぐに日菜子を見る。

「逃げ出す猶予《ゆうよ》を与えたつもりだったのに、馬鹿だな。酔った勢いでの発言だろうから、撤回してもよかったんだぞ」

やけにシャワーが長いと思っていたが、日菜子が冷静になるための配慮だったらしい。

「に、逃げませんよ……」

膝の上に置いた手をキュッと握った。一夜の関係を結ぶことは褒められた行為ではないかもしれないけれど、後悔はしない。

きつく握った手の甲を、そっと央人の指が掠める。

「震えてる。本当は怖いんだろう?」

慌てて手を引っ込めて、自分を抱き締めた。カタカタと小刻みに震えてはいるが、本当に怖くなんかない。

「怖くありません! こ、これは、武者震《むしゃぶる》いです」

日菜子の言葉に、央人は小さくプッと噴き出す。

「無理はしなくていいから」

笑いを堪《こら》えながら言う央人に、日菜子はちょっとムッとした。

彼に対する自分の想いを、見くびられているような気がして。

憧《あこが》れと恋を勘違いしているお子様なんかじゃない。

恋愛が綺麗《きれい》な感情だけで成り立っているわけではないことも、わかっているつもりだ。

「無理なんてしてません。私だって、二十歳を超えた大人です。大人同士なんだから、あとから文句を言ったり、責任を取れと言うつもりもありません。なんだかんだ言って、本当は、課長のほうが怖いんじゃないですか?」

言い終わると同時に、グイッと押し倒された。

二人分の体重を受けたベッドが、ギシリと軋《きし》む。

「そこまで言われたら、もう引き下がらないよ？」

射貫《いぬ》くような鋭い視線と低く発せられた言葉に、背筋がぞくっとした。

そこにはもう、いつもの紳士的で優しい上司はいない。

「子供じゃないなら手加減はしない。逃げ出すなら今だぞ」

最後通告にも、答えはひとつだ。

「逃げません」

彼の視線から逃げることなく、日菜子ははっきりと答えた。

央人の端整な顔がゆっくりと近づく。長い睫毛《まつげ》に縁取《ふちど》られた彼の目が閉じていくのに合わせ、日菜子も目を閉じる。

「ん……」

柔らかくて熱い感触に、泣きたくなった。

――私、課長とキスしてる……

ずっと忘れられなかった唇が、自分の唇に触れている。

「口、開けて」

唇を少しだけ離し、央人が促《うなが》す。閉じていた口をわずかに開けると、彼の舌が差し込まれる。

「ん、う……」

反射的に息を止めた。

舌の表面をつつ、となぞった央人の舌は、上顎《うわあご》や頬の裏側を丁寧に舐《な》める。口の中が熱く満たされていく。次第に頭がぼうっとしてきて、喉の奥から呻《うめ》き声が漏れた。

「息は、鼻でするんだよ」

唇が一度離れ、低い声でささやいてまた重なる。

鼻で息をしろと言われても、この至近距離だと、課長の顔に鼻息が直撃してしまう。

まだ日菜子が戸惑っていると、央人は顔の角度を変えた。

──息を、しやすいようにしてくれた……

心遣いに感謝しながら熱を吐き出すと、身体の強張りも一緒に解けていく。

「……キス、下手くそだな」

身体を起こした央人が、なんの感情もこもっていないような声で呟《つぶや》いた。

あんなに丁寧なキスをしながらそんなことを考えていたのかと、日菜子は口を尖らせる。

「キスの仕方は、教えられなかったもので」

なにしろ、ファーストキスは嵐のような出来事だった。奪うだけで教えてくれなかった不親切な相手は目の前にいる。だが、責めるわけにもいかない。

まさか自分のことだとは思ってもいない央人は、ちょっとだけ不愉快そうな顔をした。

「ふうん……じゃあ、他のことは？」

シュルッと音を立てながら、バスローブの腰紐が引き抜かれた。

「あ……っ」

くつろげられた胸元を、大きな手の平が覆《おお》う。両方の膨らみを寄せるように掴《つか》まれ、ふんわりと優しく揉まれる。

「見かけによらず胸は大きいね。着やせするタイプだったのか」

張りのある豊かな乳房に、ごつごつした男らしい指が沈み込んだ。膨らみを捏《こ》ねながら、人差し指が先端を軽く擦《こす》り上げる。

「ん、あっ」

柔らかかったそこが、芯を持って立ち上がっていく。触れられた場所がジンと疼《うず》いて、吐息とともにせり上がってくる甲高《かんだか》い声を、咄嗟《とっさ》に我慢した。唇を噛んで、なんとか耐える。

しかし先端を指で弾《はじ》かれて、日菜子の身体がびくりと跳ねる。

「……んあ、あっ」

硬く尖った頂《いただき》を二本の指で扱《しご》かれて、もう声を我慢できない。

さらにもう片方の頂《いただき》は、じゅっと音を立てて吸い上げられた。あめ玉を舐《な》めるように嬲《なぶ》られたかと思えば、歯で甘く噛まれる。

その感覚に、抑えていた喘《あえ》ぎ声が次々と零《こぼ》れた。

「感じやすいね」

くすりと小さく笑われて、日菜子の頬が熱くなる。恥《は》ずかしさから身を捩《よじ》ろうとしても、上から覆《おお》い被さっている彼の身体に阻《はば》まれて身動きが取れない。

唯一、自由になるつま先がシーツを掻く。

「いいことだよ。自分の手で女性が快楽に溺れる姿を見るのは、嬉しいものだからね」

唾液《だえき》で濡れた乳首を指で擦《こす》りながら、反対側にも丁寧に舌を這《は》わせていく。

同時に異なる刺激を与えられて、次第に頭の中が霞《かす》んでくる。

いつもの央人と違うのはもちろんだが、今日の彼は意地悪すぎやしないか。記憶にある彼の姿と比べても、ずっとずっとエッチな気がする。時折独り言のように呟《つぶや》かれる言葉が、とてつもなく恥《は》ずかしい。

彼の瞳は、日菜子の反応をつぶさに観察している。瞳だけでなく指も、なにかを探り確かめているように思えた。

熱を孕《はら》んだ瞳と指先で、日菜子を翻弄《ほんろう》する。この炎に焼き尽くされたいと、いつかも思ったのだ。

目と目が合うと、央人は優しく微笑んだ。

「一応確認しておくけど、初めてではないよね？」

先端を弄《いじ》る手が止まると、ほんの少しだけ物寂しさを感じてしまう。

「は、はい……」

二年ぶり、二度目です――

もしかして、央人が自分を観察していたのは、処女かどうかを確認したかったからだろうか。

「軽蔑、しますか？」

「どうして？」

「よ、嫁入り前にふしだらだとか……」

やはり男性は、女性に処女を求めるものなのだろうか。特に、日菜子のような垢抜《あかぬ》けない田舎娘《いなかむすめ》は、経験がないと思われて当たり前かもしれない。

「君がふしだらなら、俺はどうなるんだろうね」

自嘲《じちょう》気味に笑った央人は、胸の膨らみに沿うように手の平を滑らせた。

「あ……っ」

「気にしなくていい。念のために聞いてみただけだ」

掬《すく》い上げた膨らみに唇を寄せ、痛いくらいに吸いつかれる。

そこには、彼がつけた赤い印がくっきりと浮かび上がっていた。

央人は胸の谷間や首筋、鎖骨《さこつ》の辺りにも唇を滑らせて、次々と痕《あと》をつけていく。

それがいわゆるキスマークであるということは、知識としては知っていた。でも、実物を見るのは初めてだ。

至る所に口づけを落としながら、央人の手が身体の線をなぞって下《お》りていく。

脇腹や腰骨といった弱い部分を掠められ、日菜子の身体がいちいち震える。

辛《かろ》うじて下半身を覆《おお》っていたバスローブを取り払われ、露《あら》わになった太腿が空気に触れた。

脚の付け根にある、茂みの奥を指がなぞる。その瞬間走った衝撃に、日菜子の背中が弓なりにしなった。

「……っ、や、ああっ」

「ああ、でも、少しは仕込まれているみたいだな」

しっとりと湿っていた割れ目を何度も擦《こす》られると、次第にくちゅくちゅと淫《みだ》らな水音が立ち始める。

「やだ、あ……、声が……っ、あっ」

下半身を掻き混ぜられる音も、止められない甲高《かんだか》い声も、恥《は》ずかしくてたまらない。

唇に手を押し当てて堪《こら》えようとしているのに、央人はその手を掴《つか》んでしまった。

「我慢しなくていいから、ちゃんと聞かせて」

指先に舌のぬるっとした感触が当たり、官能的な景色に目眩《めまい》がした。

秘部を行き来する指の動きにも意識を持っていかれてしまう。浅いところを撫でている指が少しずつ潜《もぐ》っていくにつれて、中からとろりとした熱いものが溢《あふ》れる。

「おかしく……ない、ですか？」

自分の身体は過剰に反応していないかと不安になった。はしたない姿は、あまり見せたくない。

恐々と見上げた央人の口元には、笑みが零《こぼ》れていた。

「そんなことはない。とても、可愛いよ」

日菜子の心配を取り除くための方便だったのかもしれない。それでも、日菜子は深く安堵《あんど》した。

——可愛いなんて、初めて言われた……

「幻滅、しませんか？」

「さっきからそればかり気にするね。気持ちよくしてやろうと思っているんだから、反応がないほうが悲しいよ」

「そう、ですか……」

無意識に、目の前にある央人の髪にそっと触れた。まだ乾ききっていない髪から、自分と同じシャンプーの匂いがするのが嬉しい。

素肌に触れる熱も、匂いも、夢ではない。大好きな人の腕の中に自分がいるのだと改めて実感して、日菜子の顔が自然と綻《ほころ》んだ。

「奥ゆかしいのか、積極的なのか……本当に、君は面白いね」

苦笑した央人が唇を塞《ふさ》ぐ。同時に、秘部には指を突き立てられた。

「んん……っ、ん、ふ……っ」

ひりつくような痛みと圧迫感に声を上げたが、すべてが彼に呑み込まれていった。

久しぶりに異物を受け入れた秘部は、入り込んだ指を締め付ける。

この痛みには覚えがある。痛みの向こう側から、なんとも言えない別のものが湧いてくることも覚えている。

指を小刻みに動かされ、柔らかな襞の間を辿《たど》られると、奥からトロトロとした蜜が流れ落ちた。

「聞こえるかい？　君のここ、ぐちゃぐちゃになってるよ」

ここ、と強調するように指を動かされる。内壁を擦《こす》られる感覚に、勝手に腰が揺れた。

「やだ……っ、あ、言わないで、ん、あんっ」

「止めようと思っても止められるものじゃないだろう？　さっきは初めてじゃなくても気にしないと言ったけれど、訂正する。こんなにも感じてくれるなら、君の初めてもほしかったな」

——いえ、私の初めても課長のものですよ？

と、心の中でだけツッコむ。

それにしても……初めてのときとは、なにもかもが違う。あのときは痛くて仕方なかったけれど、今、身体中を支配しているのは痛みではなく快感だ。

「あ、あっ、んあっ、や……あっ、恥《は》ずか、しいっ」

「恥《は》ずかしいなんて考える暇もないくらい、悦《よ》くしてやる」

つぷりと、指がもう一本増やされる。さっきまでわずかにあった痛みも、もうない。

二本の指が狭い膣壁を押し広げる。ぬちゅぬちゅと抜き差しされるたび、腰の辺りに電流が流れ、無意識に身体が跳ねた。そうすると余計に央人の手と身体が密着してしまい、期せずして腰が砕けるほどの快感が押し寄せる。

「筋がいいね。ほら、もっと自分からいいところに押しつけてごらん？」

甘いささやきとともに、ぐいっと手底《たなそこ》を押し当てられた。

恥《は》ずかしいのに、やめられない。彼の声はもはや媚薬だった。素直に央人の手に自分の秘部を擦《こす》りつけると、ちょうど蜜口の上にある敏感な粒に触れる。

「んああっ、あ……っ、ああ……」

びりびりとした刺激に身体をしならせる日菜子に、央人は満足そうに口角を上げた。

「いい子だ」

差し込まれている指が、バラバラと蠢《うごめ》き始める。そうして指がある一点を掠めたとき、頭の中でなにかが弾《はじ》けた。

「ひゃ……っ、あ、はあ、あああ……っ」

「ああ、ここか」

そう言って、さっき偶然触れたところに今度は意図的に触れられる。その途端、足の先までピンと張り詰めるほどの電流が駆け抜け、大きく背中が浮いた。

「あ……、な、なに……？」

「ここが君の感じるところだ。どうやら知らなかったみたいだね」

央人は楽しげな様子で告げると、ふたたびその手を動かし始める。

さらに親指で、充血した蕾《つぼみ》をぐりぐりと押し潰《つぶ》した。

「やああっ、だ、め……っ、そこ、ダメぇ……っ」

同時に刺激されて、なにかがせり上がってくる。

ダメ、変になる――

身体中を締め付けられているみたい。どこかへと押し出されそうな感覚に、日菜子は無我夢中で央人にしがみついた。

「いいよ……ほら、イッて」

優しい催促に逆らえなかった。

まるで遊園地のフリーフォールに乗っているように、頂点までぐんぐんと上昇したものがぴたりと止まる。そして次の瞬間——

「あ……ああああああ……っ！」

目の前で閃光《せんこう》が走り、頭の中が白に染まった。

脱力した体内から指が引き抜かれたら、溜まっていた蜜がこぽりと零《こぼ》れた。

臀部《でんぶ》を滴《したた》り落ちていく感覚に身じろぎすると、ふいに央人が身体を起こす。

彼は手の甲の辺りまで濡れてうっすらと光るものをじっと見ていた。それからおもむろに、それを舌で丁寧に舐《な》め取っていく。あまりにも卑猥《ひわい》で、淫靡《いんび》な光景だった。

「汚い、です……そんなもの、舐《な》めないでください」

息の整わない声でも、制止せずにはいられなかった。

日菜子はすっかり裸になっているというのに、いまだに央人はバスローブをまとっている。しかし乱れた襟元《えりもと》から鎖骨《さこつ》や胸板がしっかりと覗いていた。

じろじろ見るのは失礼だとは思っても、セクシーで艶《なま》めかしくて目が離せない。誘惑に抗《あらが》えず見ていると、ぞくぞくしたおかしな感覚がまた首のうしろでざわめいた。

このままではキリがない。際限なく彼を求めてしまいそうになる自分が、ひどくいやらしい人間のように思える。

「汚くはないよ。君が夢中になってくれた証拠だ」

央人は妖艶な微笑みを浮かべ、自《みずか》らのバスローブを一気に脱ぎ捨てる。筋肉質な身体がライトの光に照らされた。

その美しさに、日菜子はゴクリと唾《つば》を呑み込みそうになった。

「最終確認だけど――」

ギシリとベッドが軋《きし》み、日菜子の上半身が傾く。

央人は日菜子の顔の横に片手を突きながら、もう一方の手をヘッドボードへ伸ばす。

そして、そこに置いてあった彼の財布から、正方形の小さな包みを取り出した。ひどく緩慢《かんまん》な動きで、手にしたものが日菜子の視界に収まるように。

「本当に、いいの？」

手にした避妊具が、これからが本番であることを示していた。

「課長は、心配性ですね」

ここに来てから、もう何度も確認されている。可笑《おか》しくなった日菜子は、つい笑ってしまう。

「そうかもしれない。でも注意深いに越したことはない」

きっと普段は、避妊を怠《おこた》るような人ではないのだろう。それなのに「あの夜」は忘れていたのだから、よほど正気ではなかったのだ。自分のことを覚えてもいなかったし……

「そんなに心配しなくても、私から望んだことですよ?」

今日の央人は、多少酔っているが記憶をなくすほどではない。今度こそ、桃井日菜子として抱いてもらえる。

——こんなに幸せなことはない。

「そうやって潔《いさぎよ》すぎるのも、逆に物足りないな」

「……課長は、意地悪ですね」

どう答えるのが正解かわからず、日菜子は拗《す》ねた。

央人は常に一枚も二枚も上手《うわて》で、ドキッとするようなことをふいに言う。それに翻弄《ほんろう》されるのはいつものことだが、今の彼は少し違っている。

スマートで大人だということに変わりはないけれど、人当たりのいい課長ではない。もっと濃厚で執拗《しつよう》で、いやらしくて……

「そうかも、しれないね」

ふと、日菜子の大好きな甘い笑顔を彼が向けた。今の状況にはそぐわないような、穏やかな表情をしている。

持っていた包みを噛みちぎり、吐息で切りくずを飛ばす。それから唇で器用に中身を挟んで取り出し、装着した。

「正直、自分でも戸惑っているんだ」

言いながら、日菜子の両膝の下に手をかける。

ぐい、と強く下半身を押し上げられ、濡れた秘部が空気に触れた。

直後に押しつけられたものの硬さに、日菜子の身体が強張る。

「とろとろだ……これなら、なんの心配もなく呑み込めそうだな」

指よりも太くて質量のあるものが、花弁の間をぬちゅぬちゅと行き来する。

それだけで日菜子の身体はかあっと熱を帯《お》び、早くそれを受け入れたいと下腹部の奥が疼《うず》いてしまう。

「だから……っ、そういうことをいちいち……いつもと全然違う、意地悪です……」

「俺だって戸惑っているんだよ。君を前にすると、なぜかめちゃくちゃ苛《いじ》めてやりたい衝動に駆られる」

彼の瞳が、獲物を追い詰めた肉食獣のように獰猛《どうもう》に光る。

骨の髄《ずい》まで食べられてしまうかもしれないと、軽く身の危険を感じるレベルだ。

――やっぱり本当に、私なんかじゃ手に負えない……？

好きな気持ちは本物で、勢い込んで来たものの、少し自信がなくなってきた。

彼の情欲の炎に焼き尽くされたいと思ったが、文字通り本当に丸焦げになってしまうのかも。しかも、それだけでは済まない可能性だってある。とんでもない虎を起こしたかもしれない。

「い、痛いのは嫌です……」

「心配しなくとも、今日はそんなにひどいことはしないよ」

それって、今日は苛《いじ》める道具がないからってこと？　鞭《むち》とか、ロウソクとか？

――そもそも、次の機会なんて、あるんですか!?

挿《い》れるぞ――小さな呟《つぶや》きとともに、熱い塊が花弁を割った。

「あっ、……あああっ！」

圧倒的な質量に息が詰まりそうになる。だがそれよりも早く、内壁を擦《こす》りながら淫路を広げられる感覚に甘い叫び声を上げた。

「……大丈夫？」

「ん、……は、い」

こんなときでも、まだ気遣ってくれる。意地悪な発言もされたけれど、根底にある優しさに心がじわりと温かくなる。

身体の奥まで満たされていく快楽に、全身が震えた。

快感の中にいる日菜子とは対照的に、央人は辛そうな顔をしていた。眉間に皺《しわ》を寄せながらじりじりと腰を進める様子は、ひどく切なく見える。

「は……っ、狭い、な」

「す、すいません」

——なにぶん、二年ぶり二回目なもので。

「責めてるわけじゃない……こっちも、加減するのが大変なんだ」

言われた言葉の意味はわからなかったけれど、彼の苦痛を少しでも取り除いてあげたいと思った。

彼のほうから入ってくるのが大変なら、自分から迎え入れればいい。単純にそう考えて、央人の背中に腕を回してしがみついた。このほうが、多少は動きもスムーズになると思ったからだ。

「おい、こら」

「だ、大丈夫です……っ、私のことは、いいから……」

下肢に力を入れて、自分から腰を浮かせる。ますます深くなる異物感に、冷や汗が流れた。

それでもなんとか耐えていると、ようやく彼の下腹部とぴったりと密着した。

「はあ……っ、はあ、入り、ました？」

「馬鹿か!? めちゃくちゃ痛そうじゃないか」

よかれと思ってやったのに、どうやら裏目に出たらしい。

無理矢理彼を収めたあそこがジンジン痛む。

「そんなこと、気にしないで。それに、私もめちゃくちゃにされたい」

「……せっかく人が、慎重にやってたのに」

汗で額《ひたい》に張り付いた前髪を、労《いたわ》るように撫でられた。それほどに、今の自分は痛々しい顔をしているのかもしれない。

「私は、大丈夫です……それより、課長のほうが、辛そうだったから……」

力の入らない状態でふにゃりと笑った日菜子に、央人は目を見開いた。

「本当に、君は――」

その続きはなんだったのだろう。

ナカに入り込んだものがぐぐっと質量を増したようで、日菜子は快感の渦《うず》に呑み込まれた。

「とにかく、ひどくされたくなかったらこれ以上は煽《あお》るな」

煽《あお》っているつもりなんかないのに……

むしろ、散々自分を喜ばせて持ち上げているのは、彼のほうだ。

「いいんです……課長の、好きにしてください。ひどくされても、平気です。……私は、課長のことが――」

好きだから。そう紡ごうとした唇は、央人によって塞《ふさ》がれてしまった。

「……もう、限界だ」

央人が腰をゆっくりと引き、差し込まれる。ずんっと奥まで穿《うが》たれる鈍い衝撃に、日菜子の目の前に星が舞う。

「ああっ、あ、んん……っ、あっ」

緩やかな律動に合わせて、日菜子の口から嬌声《きょうせい》が漏れる。

『痛い?』と問いかけられた言葉には、かろうじて首を横に振った。

内壁を擦《こす》りながら、何度もそれが行き来する。奥まで貫かれたものが引き抜かれると、追い縋《すが》るように日菜子の膣がきゅっと締まる。

自《みずか》らの甲高《かんだか》い声、次第に荒くなっていく彼の息遣い、淫《みだ》らな水音。

どれもが、日菜子の思考を奪っていく。気持ちがいい、それだけしか考えられなくなる。

「まだ、だ。もっと君が──知りたい」

太腿の裏側を押されて、両脚を高く持ち上げられた。

彼の動きが段々と激しさを増していく。

「や、いやああっ、あ……っ、そこっ、だめ……えっ!」

最奥を突かれて、キンとした鋭い感覚が全身を突き抜けた。

いっそう強く打ち付けられて、ガクガクと脚が震え、世界が白く染まっていく。

そんな中で込み上げてくるのは、彼を好きだと思う気持ちだけだった。

「あ、んんっ、ふじさ、き……さ、……あっ、ああああっ!」

ふいに彼の名を呼んだ声に、央人がウッと息を詰める。

苦しくて、嬉しくて、切なくて、愛おしくて――

昇り詰めた日菜子は、がくりと全身を弛緩《しかん》させて意識を手放した。


意識を飛ばして、目が覚めたときには翌朝だった……という展開かと思いきや、そうではない。

あのあとも、央人は何度も日菜子を求めた。

『手加減はしないって言ったよね？　君は若いし、体力あるよね』

そう言う央人のほうが、よっぽど体力があると思う。これが世に言う「絶倫」というやつなのだろう。

何回したかは記憶にない。ようやく解放されたのは、ほんの数時間前のことだ。

今、日菜子の隣では央人が眠っていて、恋人のように腕枕をしてくれている。疲労で全身クタクタなのだけれど、このぬくもりを感じていたくて寝られない。

「――眠れなかった？」

日菜子が頬をすり寄せていたのが、くすぐったかったのだろう。央人も目を覚まして、日菜子の顔にかかった髪を指で梳《す》く。

「少しは寝ました」

「そうか。早起きだね」

央人は若干お疲れ気味だ。

「よかった、今日はいたか……」

なにやら意味深なことを呟《つぶや》いて、そのまま毛先を弄《もてあそ》び始めた。日菜子は彼の腕の中で大人しくしている。

窓の外はすでに明るく、薄い青空が広がっている。

「もう、電車が動いてますね」

「せっかくの休日だから、急ぐことはない。それに、話しておきたいこともある」

央人の顔つきが、寝起きのぼんやりしたものから急に真面目なものに変わった。その変化を、日菜子は見逃《みのが》さなかった。

――あ。これは。

「桃井さんは、俺――」

「わかってます！　私、勘違いなんかしません」

皆まで言うなと、央人の口に人差し指を押し当てる。

情事の翌朝のベッドの上で、男が畏《かしこ》まってする話なんてひとつしかない。経験はないが、テレビドラマや友達の話を見聞きしたことがあるのでわかる。

「これをネタにして、課長を揺すったり脅《おど》したりなんてしません」

「——は？」

まさか日菜子のほうからこのような話をされるのは予想外だったのだろう。

だが、日菜子は央人が寝たあと、彼の腕の中であれこれと脳内シミュレーションしていた。

目覚めた彼となにを話すか、今後気まずくならないためにはどうすればいいか、など。その中には『昨日のことは一夜の過《あやま》ち』と言われるシーンも含まれていた。

彼は、自分の財布からごく自然に避妊具を取り出した。普段からアレを持ち歩いていることから、こういう機会は他にもあるのだろうと予想できる。昨晩行為に及ぶ前、繰り返し『本当にいいのか？』と確認してきたのもそのためだろう。

会社の部下と関係がもつれたりしたら事だ。

「私が自分から望んだことなので、課長はお気になさらないでください。それに私、これしきのことで課長の恋人になれるだなんて、これっぽっちも思っていません」

自分と央人では釣《つ》り合いが取れるわけがない。

彼は日菜子にとっての憧《あこが》れのヒーローであり、高嶺《たかね》の花。

今回のことはゲームで言えば、うっかり正規ルートを外れて、ボーナスステージに辿《たど》り着いてしまったようなものだ。

それよりも、これが原因で央人に避けられることのほうが心配だ。日菜子としては、今回のことはいい思い出として胸に仕舞いつつ、今後も好きでい続けさせてほしいと思っている。

お弁当だって作りたいし、たくさんお喋《しゃべ》りもしたい。

たった一晩のセックスで、そのすべてをふいにしたくない。

「これしきのこと……？」

呆気に取られている央人に軽く微笑んで、日菜子は着替えのために浴室へと向かった。

手早く衣服を身につけて、「誰かに見られる可能性もあるので、お先に失礼します」と、部屋を出る。

きっと、彼がいつも過ごしているであろう大人の女性は、いつまでも居座ったりはしない。

いつも日菜子を子供扱いする彼に、ちょっとはいい所を見せたい。

自分の中で最大限に大人な女性を演出できた気になり、日菜子は上機嫌で帰っていく。

二年前とは違い、空は快晴だった。

抜けるような青空に、日菜子の心も晴れる。

――まさか自分の気遣いのせいで、取り残された央人が不機嫌になるとは、考えもしなかった。

四　災い転じてボーナスステージ

彼の様子がおかしいと日菜子が気づいたのは、それから数日経ってからだった。

「課長。書類をお持ちしました」

「ああ。そこに置いて下がって」

パソコンのディスプレイに目を向けたまま、央人は日菜子を見ようともしない。

執務室に二人きり。日菜子の手にはいつものランチバッグが抱えられているが、どうやら今日も渡せそうにない。

「あの――」

「すまない。打ち合わせがあるから、またにして」

日菜子が口を開くと同時に席を立ち、そのまま部屋を出て行ってしまった。

――やっぱり、気のせいじゃない。

以前の彼であれば、受け取ることはなくとも、話も聞かずに断ることはなかった。それだけでなく、視線すら合わせてもらえない。

これは、拒絶だ。

誰もいない状況でも、央人は日菜子と必要以上に会話をしようとしない。

あの朝、一度寝たくらいで勘違いしない、ときちんと伝えたつもりだったが、信用してもらえていないのだろうか。今後、彼はずっとこんなふうに自分を寄せ付けないオーラを出し続けるつもりなのか……

一夜の関係を持っても、恋人になれるとは思っていなかった日菜子だが、これまで通りの「課長のことが好きな新人の部下」のままでいられると勝手に信じていた。

彼はこれまでも、日菜子の好意を華麗にスルーしてきた。年上で、女性にモテて、海《うみ》千山千《せんやません》の彼だから、なんでもないふりをするのはたやすいと考えていたけれど――

しばらくその場に立ちつくしていた日菜子の耳に、正午《しょうご》を告げるチャイムが聞こえる。

「とりあえず、お昼に行かなきゃ……」

食欲など失《う》せたが、佐保が待っている。

おぼつかない足取りでオフィスを出て、そのままエレベーターに乗り込んだ。

――どう考えても緊急事態。それなのに、どうすればいいかわからない。

いつもなら、渡せなかったお弁当を食べる佐保に、失敗を聞いてもらえるのに……

事情が事情なので、佐保には話せない。

央人との関係を口外することを、彼は絶対に望まない。

たとえ嫌われていたとしても、秘密をベラベラ喋《しゃべ》るのはよくないことだ。

　しかし、黙っているのなら、佐保の前で何事もなかったように振る舞わなければならない。こんな沈んだ気持ちのまま会えば、勘の良い彼女に気づかれてしまうだろう。問い詰められたときに、上手くかわせる自信もなかった。

　そういえば、今朝エントランスで見かけたとき佐保の様子もいつもと違っていた。美貌はいつも通りだけれど、なんだか元気のない感じで、ひどく疲れていたような気がする。

　佐保のことも気になるが、今日のランチはパスするしかない。適当な理由をつけて、お弁当だけ渡してしまうことにした。

　食堂で佐保を待っていようと思ったけれど、急遽《きゅうきょ》彼女の部署の受付がある一階のボタンを押す。

　そしてエレベーターを降りたら――そこは異様な雰囲気に包まれていた。

　訪問者が多いエントランスは、いつも雑然としている。だが、それにしても様子がおかしい。

　そこにいる誰もが、入り口の正面にある受付カウンターに注目している。

　日菜子もそちらに目を向けると、訪問客らしきサラリーマン風の男性がいた。応対しているのは佐保だ。

　――なにか、厄介《やっかい》なお客さんなのかな……？

来客の中には、たまにアポなしだったりクレーマーだったりという困った人がいると聞いたことがある。入社三年目ともなればすっかり慣れたと笑っていた佐保だったけれど、どうも今の彼女からはそういう余裕が感じられない。

困惑しているというか、怒っているというか……どちらにせよ、スマイル満開の受付嬢には似つかわしくない顔をしているのは確かだ。

「なあ……佐保、俺が悪かったから、勘弁してくれよ」

「勘弁してほしいのは私のほうよ！」

張り付いて動こうとしない男に、佐保が声を荒らげる。

よく見れば、男の顔には見覚えがあった。

あれは佐保の彼氏だ。付き合い始めてまだ日が浅いため直接会ったことはないけれど、佐保から写真を見せてもらった。それに、彼女のスマホの待ち受け画像にもなっていたから、間違いない。

「会社にまで来て、暇なの？　馬鹿なの？　あんたとは終わったはずじゃない！」

――え？　終わったの!?

ついこの間まで幸せそうだったのに、いったいなにがあったのだろうか。

「俺は認めていない。もう一度話し合いたいんだ、俺にはおまえが必要なんだよ」

「私には話すことなんてなにもない！　帰ってください」

「そんな冷たいこと言うなよ、わざわざ会いにきたんだから」

「ちょっと……触らないで！」

男は今にもカウンターを乗り越えんとする勢いで手を伸ばし、佐保の腕を掴《つか》んだ。

――って、これは大変だ！

親友のピンチに、日菜子は一目散《いちもくさん》に駆け出した。

「お、お客様っ、落ち着いてください！」

そのまま、カウンターに乗り上げている男の腰めがけて背後からタックルする。力自慢の日菜子は、男を佐保から引き剥《は》がそうとした……だが、ビクともしない。

「ひなちゃん!?」

「なんだ、おまえ」

まとわりつく日菜子を、男が睨《にら》みつける。

「……っ、放せ！」

勢いよく身を捩《よじ》っただけで、日菜子の両脚は簡単に地面から浮く。

それでもまだ手を放そうとしない日菜子を、男は強引に振り回した。

「う、ひゃあああっ!?」

両脚が振り子のようにぶんぶん揺れる。その衝撃で、しがみついていた手を男の腰から離してしまった。

ついでに、しっかりと握っていたはずのランチバッグも手から落ちる。

――ああ、私の、お弁当……！

うしろ向きに倒れながら天井を仰ぐと、お弁当がスローモーションで遠ざかっていく。

――ていうか、倒れる！

床に叩きつけられるイメージに、日菜子はギュッと目を閉じた――が、後頭部に感じた衝撃は、思っていたよりも大きくない。

「……ふう。大丈夫？」

頭上から、聞き覚えのある声が降ってくる。見上げた先にいたのは……

「課長……」

野球のキャッチャーのように跪《ひざまず》いて身を屈《かが》めた央人に、しっかりと抱き留められていた。

――なんで課長が……？

央人はゆっくりと日菜子の背を押し、立ち上がるよう促《うなが》す。

「騒ぎが起きてるって呼ばれてきてみたら……原因は君か」

央人の眉間には、思い切り皺《しわ》が寄っている。その彼の視線の先には、日菜子がしがみついていた男の姿があった。

この男と自分との間に、なにかあると疑われているような感じがする。

「この男はどこの誰――」

「ひなちゃん！」

央人の言葉を遮《さえぎ》り、血相を変えた佐保が走り寄ってきた。心配そうに日菜子を見つめ、身体のあちこちを確認してくる。

「大丈夫!? どこも怪我はない!?」

「大丈夫だよ。でも……ごめんね、お弁当が……」

日菜子の視線の先には、お弁当が無残に転がっていた。あれでは、中身がぐちゃぐちゃになってしまっているだろう。

日菜子の無事を確かめた佐保は、一変してキッと男を睨《にら》みつけた。

「ちょっとあんた、私のお弁当になにすんのよ！」

「えっ、第一声がそれ!?」

――なにかもっと、言うことがあるんじゃないの……？

「青柳さん、だっけ。彼は君の知り合い？」

日菜子のうしろにいた央人からの問いに、佐保はぐっと喉を詰まらせた。しばらく俯《うつむ》いていたが、やがて声を絞り出す。

「……っ、別れた……元カレです」

「そうか。別れ話は済んでるんだね」

それを聞いていた男が再度激高する。

「だから、俺は認めてない！ ……そうか。佐保、おまえその男と浮気してたんだな？ だから、急に別れるなんて言い出したんだろう!? ちきしょう、馬鹿にしやがって……！」

「違うわよ！ 浮気してたのは、あんたじゃない！」

泣きそうな顔をした佐保が叫んだ。

「しかも、浮気相手は私のほうでしょう？ ……知ってるんだから。結婚、してるって」

佐保の言葉に、辺りがシンと静まりかえる。

え、それって……

「佐保ちゃん、どういう――んぐっ」

言葉を発しようとした途端、日菜子の口が大きな手に覆《おお》われる。

目だけを動かすと、日菜子の口を塞《ふさ》いだ央人が小さく首を横に振る。今この場で、これ以上詮索《せんさく》するなと言っているようだった。

「わかった。とにかく、女性に暴力を振るうような男とは別れて正解だよ」

日菜子が大人しくなるのを待って手を外した央人は、自《みずか》ら男のもとへと歩み寄った。

「なんだよ、おまえ……やっぱり佐保の……っ」

「違うよ。俺はあなたが突き飛ばしたほうの直属の上司だ」

男二人が険悪なムードで対峙《たいじ》している。万が一、殴り合いにでもなったらどうしようと、日菜子は固唾《かたず》を呑んだ。

「見たところ、あなたもどこかにお勤めのようだ。こんなところで騒ぎを起こしたらどうなるのかもわからないのか？」

「う、うるさい……！　そんなことより、俺は佐保が――」

「これ以上、彼女に迷惑をかけるな！」

大きな声で一喝《いっかつ》した央人に、男も、傍《かたわ》らで見守っていた日菜子もビクリと肩を震わせる。
ビ、ビックリした……！
央人が声を荒らげる様子など初めて見た。

「本当に惚れているなら、もっと彼女の立場を考えろ。彼女がどんな気持ちで別れを切り出したかくらいわかれよ。あんたのしていることは、愛情表現でなくただの迷惑行為だ。少し頭を冷やして、反省したほうがいい」

ようやく警備員が駆けつけ、男を羽交《はが》い締《じ》めにする。そのうしろには、肩で息をする小金井の姿もあった。どうやら、彼が守衛室へと連絡したらしい。

「遅いぞ、圭吾」

「わりぃ……昼飯時で警備員が手薄だったから手間取った。警備体制の見直しを、会社に報告すべきだな。それより無事か？」

「俺はなんともないが、桃井さんが突き飛ばされた。念のため医務室に行ったほうがいいだろう。俺は彼女たちに付き添うから、おまえはこの男を――」

央人が圭吾に次の行動について指示を出している、そのときだった。

男から目を離していた央人たちよりも先に、日菜子が異変に気づく。両脇を警備員に抱えられていた男が、突然その手を振り払った。

「課長、危ない――！」

「ちょっ、ひなちゃん⁉」

佐保の制止も聞かず、日菜子は飛び出した。

「うおおおお！」

男が拳を握り締めながら突進してくる。日菜子は央人を守るように両手を広げて立ち塞《ふさ》がった。

さっきは助けてもらったから、今度は私が……！

――ドォン！

自分のすぐ隣でものすごい音がした。しかも日菜子は無傷だ。

恐る恐る状況を確認すると、男がみっともなく地面に伸びている。

「俺は君に心配されるほど弱そうに見えた？　あいにく学生時代は柔道で鳴らしたんだよ」

呆然としている日菜子を見上げながら、央人が意地の悪い笑みを浮かべる。

その顔を見た途端、安堵《あんど》と今さらながらの恐怖とで、日菜子はへなへなとその場にへたり込んだ。

取り押さえられた男は、今度こそしっかりと警備員に連行されていった。引き渡した警備員と短い会話を交わしたあとで、央人が座り込んでいる日菜子に手を差し出す。

「立てる？　桃井さ――」

「も、桃井っ！」

人垣《ひとがき》を掻き分けて、常磐が駆け寄ってきた。日菜子が央人の手を取るよりも早く、常磐の手に掴《つか》まれる。

「エントランスでなにか起きてるって噂になってて……大丈夫か!?」

「あ、ありがとう……」

「常磐、いいところに来た。俺はこの件で彼女たちと話があるから、午後の打ち合わせはおまえと小金井で始めていてくれ」

そう言いながら央人は、おもむろに日菜子の両脇に手を差し込んで強引に立ち上がらせる。その拍子に、日菜子の手を掴《つか》んでいた常磐の手が自然と離れた。

「打ち合わせ、課長抜きでですか!?」

「少し遅れるだけだ。それじゃあ、桃井さんと青柳さん、行こうか」

特に怪我もしていないので、大事な打ち合わせを差し置いて自分たちの件を優先しなくても。日菜子はそう思ったが、央人に背中を押されて立ち止まれない。

残された常磐の肩を、小金井が叩いている。

「それじゃあ、俺たちも行こうか。会議は俺がフォローしてやるから、心配するな」

小金井のその言葉を聞いて、日菜子は少しだけほっとした。

「いえ……会議の心配は……いや、やっぱりお願いします」

ぺこりと頭を下げた常磐に軽く笑みを浮かべて、小金井はまた呟《つぶや》く。

「あいつが感情を露《あら》わにするところなんて久しぶりに見た。これは、面白くなりそうだ」

「へ？」

不思議そうな声を出した常磐と同じように、日菜子も言葉の意味がわからなかった。

しかし——

「なんでもない。さ、行くぞ」

と言って小金井が常磐を伴い去ってしまったので、結局その意味はわからずじまいだった。

そして、央人に連れられてきた医務室では——

「いやー、ひなちゃん、ごめんね？　こんなことに巻き込んじゃって。今度なにか埋め合わせしなくちゃね」

やけに明るい佐保が、日菜子に謝っていた。

幸い二人ともかすり傷ひとつなく、処置用の椅子で膝をつき合わせながら事の顛末《てんまつ》を聞いていた。

央人も室内にはいるが、自分たちからは距離を置いて入り口近くに立っている。

「あんな男に一時《いっとき》でも夢中になった自分が馬鹿みたいよ。考えてみれば、最初の出会いもナンパだし、軽い男だったんだよねー。まさかストーカーになるとは思ってなかったけど」

佐保のテンションはいつもより高い。廊下に誰かがいたら聞こえてしまいそうなくらい声が大きい。

「佐保ちゃん……」

「奥さんと一緒にいるところ、見ちゃったんだよね。最初はただの浮気かと思ってこっそりあとをつけたんだけど、二人の男女の名前の表札がついている家に一緒に入っていって。しかもその名前で彼女のことを呼んでたんだから、クロだよね？」

「佐保ちゃん」

「速攻で別れ話してこっちは穏便《おんびん》に済ませたつもりだったのに、こんな騒ぎを起こしたら奥さんの耳にも入っちゃうよね。私としては金輪際《こんりんざい》関わりたくもないし、顔も見たくないんだけど、やっぱり巻き込まれちゃうのかな？　裁判とかになったら嫌なんだけど」

「佐保ちゃん！」

ベラベラと喋《しゃべ》り続ける彼女を、大きな声を上げて制止する。

「なによ、もう。わかってるって。不倫イクナイ。自分のやったことには責任は持てって言うんでしょう？　私のこと、ゲス女だって幻滅した？」

「そうじゃなくて……！　無理して、笑わなくてもいいんだよ？」

引き攣《つ》った笑みを浮かべ続けているのが痛々しかった。努めて明るく振る舞っているが、それがカラ元気であることくらい親友なのだからわかる。

「ショックだったんだよね？　佐保ちゃんも、本気で好きだったんだよね？」

落ち込んでいないはずがない。彼氏ができてからというもの、佐保は幸せそうだった。

「そんなこと、聞かないでよ……」

「佐保ちゃん」

日菜子は佐保の手を取り、強く握り締めた。

握った手も、彼女の身体も、ずっと小さく震えている。

「知らなかったの……」

「うん」

「私だって、最初から知ってたら……不倫とか、嫌だもん。そんな最低なこと、私……」

「うん。そうだね」

佐保の声が、段々とか細くなっていく。大きな目には涙が零《こぼ》れんばかりに溜まっている。

日菜子は佐保の震える背中をそっと抱き締めた。

「今は、泣いてもいいんだよ？」

「……っ、あんな、最低な男のために、泣くとか……」

「その涙は、佐保ちゃんの素直な気持ちだから」

もう佐保からの返事はなかった。ただ日菜子の腕の中で、小さな嗚咽《おえつ》を漏らしている。

「好きだったんだから。好きになっちゃったんだから、仕方ないじゃない。泣くだけ泣いて、あとのことはそれから考えればいい。悲しんだ分だけ、佐保ちゃんには幸せがやってくるからね」

事実を知ってから、佐保は苦しんだことだろう。それでも彼女は、きっぱりと別れを選んだ。

だからといって、すぐに気持ちが切り替わるはずがない。だから今は好きなだけ泣いてほしい。

「なに、それ……格言？」

「そう。元気が出る、魔法の言葉」

結構効力あるんだよ、と親友に向けて微笑む。

「……好き、だったな……」

泣きながら、佐保は小さく呟《つぶや》く。

それからしばらく抱き合いながら、二人して泣いていた。

＊＊＊＊

日菜子が発した「魔法の言葉」を聞き、央人は耳を疑った。

――いや。本当はどこかで、気がついていた。

深酒をしたときの央人の様子を知っているかのような素振り、かつて自分を救った「魔法の言葉」。

なによりも彼女のまとう空気は、ある人物を彷彿《ほうふつ》とさせる。

央人は、自分に近づいてくる女性には腹黒い思惑があると疑っていた。よりよい条件の相手が見つかったときには、簡単に離れていってしまう。かつての元婚約者の姿が脳裏をよぎる。

日菜子からの飲みの誘いに乗ったのは、諦《あきら》めさせるいい機会だと思ったからだ。とはいえ本気で手を出すつもりはなかった。ただ一緒に酒を飲み、告白を断って終わり。

彼女はまだ子供だし、同年代の気が合う恋人を見つけたほうがいいに決まっている。

万が一、彼女がそういう誘いをかけてきても、稚拙《ちせつ》な誘いには乗らない自信があった。際《きわ》どい言葉で動揺させて、煙《けむ》に巻くつもりでいた。

なのに、彼女は一歩も引かなかった。何度確認してもも体当たりでぶつかってきて、身の丈に合わない挑発を繰り返した。

その純真さに心動かされた部分もあった。それに、そこまでされて手出ししないほど、央人は善良な人間ではない。

一度抱けば、諦《あきら》めもつくはずだ。思い出作りにでも付き合ってやるつもりで事に及んだのだが、いつの間にか深みにはまっていたのは央人のほうだ。

初めて抱いたはずなのに、奇妙な既視感を覚えた。

——もしかして、「彼女」なのかもしれない。

期待と疑念が入り交じる。おぼろげな記憶をたぐり寄せ、探るように何度も抱いた。

――否《いな》。最初はそうだったが、気がつけば今、目の前にいる彼女に夢中になっていた。見た目も言動も子供っぽい日菜子が、別の男を知っているのかと思うと妙な対抗意識が芽生えた。上書きしてしまいたいという独占欲が腹の底から湧き上がったのだ。だからつい苛《いじ》めすぎたという自覚もある。あれだけ丁寧に、気持ちを込めて大事に抱いたのに……翌朝彼女は、昨夜の情事を『これしきのこと』と言った。

翌朝告げられた言葉を思い出すと、イラつきが収まらない。

だが、今はそんなことはどうでもいい。

欠けていたパズルのピースが埋まっていくように、これまでの謎が明らかになる。

――桃井日菜子が、「彼女」だ。

もう一度会いたいと願っていた相手は、近くにいた。だが、なぜそれを彼女は隠していたのだろう。

これほどまでに自分は、「彼女」を探し求めていたというのに。

「あの夜」自分たちは、心の深いところで結びつき、満たし合えたような気になっていた。けれども彼女は、そうではなかったのだろうか。

日菜子が自分に向けているのは、それほど真剣な想いではないのだろうか。

居ても経ってもいられず名乗り出るほど、強い想いではないのだろうか……

そう考えると、日菜子に対して憤《いきどお》りを覚える。

――どうして俺は、二年間も待たされた？

最初の朝、目覚めたら彼女は部屋にいなかった。

そして二度目も、自分を置いてさっさと部屋を出ていった彼女――

どういうつもりか知らないが、央人の気持ちをまったくもって理解していない。

――俺を本気にさせたな……！

この間の夜、彼女にはすでに『後悔するな』と伝えたはずだ。

それに、一度ならず二度までも自分から『そばにいる』と言ったのだから、今度こそ約束を果たしてもらう。

央人は変なスイッチが入って、俄然《がぜん》、闘志を燃やした。

そのとき、短いノックの音とともに、圭吾が医務室へと入ってくる。

「央人、すまん。会議の前にどうしても確認しておきたいことが――どうした？」

圭吾は央人の顔を見るなり、変な表情になる。

「なにが？」

「嬉しいのか怒っているのか、よくわからん顔をしてる。なにかあったか？」

無意識のうちに、気持ちが表情に出ていたようだ。きっと今の自分は、悪い笑みを浮かべているのだろう。

いまだに青柳と泣きながら抱き合っている日菜子を見て、笑みを深くする。

「……ちょっと、失《な》くしものを見つけただけだ」

＊＊＊＊

「うわ……っ、課長！」

男たちの話し声が聞こえ、日菜子はパッと振り返った。

恥《は》ずかしながら、そこに央人がいるということをすっかり忘れていた。

涙でぐちゃぐちゃの顔を拭《ぬぐ》いながら彼を見ると、央人と目が合う。

その途端、日菜子の背筋に冷たいものが流れた。

――課長？　どうしてそんな邪悪な笑みを……!?

「君たちの話を聞いていて、だいたいの事情はわかった。青柳さんに非があるわけではないから、そこは自分から報告しておこう」

央人はゆっくりと佐保に語りかけた。

「藤崎課長が、ですか？」

佐保が困惑するのも無理はない。央人と佐保は部署も違うし、まともに話したのは今日が初めてだ。

「一応あの場に居合わせたし、うちの部下も関係しているからね。心配しなくとも悪いようにはしない」

佐保の心配をよそに、央人は落ち着いた口調で淡々と言って聞かせた。

最後に「落ち着いたら、桃井さんも仕事に戻るように」と言い残して、小金井と医務室を出ていく。

「本当に、任せちゃっていいのかな……？」

「課長が任せろって言ったんだから、きっと大丈夫だよ」

難しいことはよくわからないが、央人が大丈夫と言ったら大丈夫に違いない。日菜子は妙な確信を持っていた。

日菜子が必要以上に胸を張って主張する姿が可笑《おか》しかったのか、佐保が噴き出す。

彼女の笑顔はもう、作り物ではなかった。

それが嬉しくて、日菜子はまた涙が込み上げる。

「課長は……傷ついた人の気持ちをわかってくれる人だよ」

彼はきっと、佐保の気持ちをわかってくれるだろう。それについては、日菜子は確信を持ってそう思えた。

自分に対する彼の気持ちは、よくわからないけれど……

「ひなちゃんは本当に、課長のことが好きなんだね」

央人のことは好きだけど、今までのように素直に頷《うなず》くことはできなかった。

——結果的に、佐保の元カレによるストーカー騒動は大事《おおごと》にはならなかった。

佐保にさしたる非がないことを、央人が口添えしてくれたお陰である。

ただし、会社の玄関で起きた騒ぎだったこともあり、体面を保つために佐保は裏方へと配置換えになった。異動先は、日菜子の古巣・人事部だ。部員は皆いい人で、日菜子もとてもよくしてもらった思い出がある。異動後の佐保のことが心配だったが、少し安心した。

「藤崎課長には本当にお世話になっちゃった。いろんなところに、自《みず》ら掛け合ってくれたんだって」

いつも通りのランチタイム。

この数日でちょっとだけほっそりとした佐保は、日菜子のお弁当に舌鼓《したつづみ》を打っている。

「人事部長もいい人だし、今のところ楽しくやってるよ」

「だから、課長に任せておけば安心だって言ったでしょう?」

佐保の元カレは、今回のことで家族に不倫がバレたらしい。逆恨《さかうら》みからストーカー行為がエスカレートしそうなことを察知した央人が、いち早く対処してくれたのだという。

彼の家族や勤め先を巻き込んで、二度と佐保には近づかないと約束させたらしい。二人の出会いのきっかけから、相手が彩美物産と取り引きのある会社に勤める者だと当たりをつけ、手を回してくれたのだと聞いた。

「ところで今日の私のお弁当、なんでこんなに小さいの？」

佐保の手元には、これまでよりもひと回り小さなお弁当が置かれている。

「それは、佐保ちゃん食欲なさそうだし……」

佐保の疑問に、日菜子は曖昧《あいまい》な笑みを浮かべながら答えた。

「食欲がないときだからこそ、ひなちゃんの手料理でパワーアップしたいのに」

そう言いながら、パクリと卵焼きにかぶりつく。

——あれ以来、日菜子は央人にお弁当を差し入れするのをやめた。

央人の不機嫌さは、少し前に比べれば収まったように思える。だが、調子に乗って近づいて、また冷たくされたらと思うと足が竦《すく》む。

それに、機嫌がよかろうが悪かろうが、受け取ってもらえないことには変わりはないのだ。簡単に諦《あきら》められる想いではないが、前みたいに積極的にアタックして拒絶されるのが、急に怖くなってしまった。

「改めて、課長がモテる理由がわかったよ。でも、話を聞いていた感じほど、ひなちゃんに可能性がないとは思わないんだけどな。なんの接点もない私のためにあれだけよくしてくれたのは、ひなちゃんが関わっているからだと思ったんだけど……もう、諦《あきら》めるの？」

「そういうわけじゃないの。でも、少し、休憩したいだけ」

「まったく、肝心なところで臆病《おくびょう》だよね」

いつになく弱気な日菜子に、事情を知らない佐保はただ優しく微笑みかける。

「ほら。あの子が例の……」

ふと沈黙が流れたとき、どこからかヒソヒソと話をする声が聞こえてくる。

少し離れた席で、明らかにこちらを見ながら肩を寄せ合っている女子グループがあった。

「よく平気で仕事できるよね」

「私だったら、恥《は》ずかしくって会社辞めちゃうかも」

隠すつもりもないのか、彼女たちの話し声は次第に大きくなっていく。

「言わせておけばいいよ」

そう言って佐保は、小さく首を横に振った。

「でも……」

「これくらい、平気だから」

噂というのは無責任だ。面白おかしく脚色され、妻子ある男性を佐保が自《みずか》ら誘惑したという話になっているようである。

これにはさすがに日菜子は怒りを覚えた。

「不倫してたくらいなんだから、相当面《つら》の皮が厚いんじゃない？」

彼女たちは、単にゴシップを楽しんでいるだけなのだろう。

でも、根も葉もない噂で親友が傷つけられるのを、黙って見過ごすことはできない。

意を決した日菜子は、おもむろに立ち上がった。

「ちょっと、行ってくる」

「え、ひなちゃん!?」

こちらをチラチラと見ていた女子たちに近づき、目の前にドンと仁王立《におうだ》ちした。

「な、なによ」

「言いたいことがあるなら、面と向かって言えばいいじゃないですか」

「な、なんですって!?」

突然やってきてキャンキャン吠《ほ》える日菜子に、噂をしていた彼女たちも、周囲の人間も呆気に取られている。

「佐保ちゃんは、うしろめたいことはなにもしてません。本当のことを知らないくせに、私の親友を侮辱《ぶじょく》しないでください！」

日菜子はフンと鼻を鳴らす。これでもう、佐保を傷つける者はいないはずだ。

「あら、誰かと思えばあなた……」

グループの中の一人が、日菜子の全身を品定めするように見る。

「最近、営業事業部に異動した子ね」

「そ……それがなにか？」

突然、話の矛先を自分に向けられて怯《ひる》む。

「先日の騒動のとき、藤崎課長と随分親しい様子だったらしいじゃない。たしか、抱き留めてもらっていたとか。まさか課長に下心があって近づいたんじゃないでしょうね？」

――下心、あります。とは、正直には言えない……！

「そ、そんなことは……」

「ちょっと顔を覚えられたからって、調子に乗ってるんじゃないの!?」

「ひいっ！　す、すいません！」

ギロッと睨《にら》まれた迫力に、思わず謝ってしまった。

「もしかして、あなたみたいな人が、課長と付き合えるなんて夢見てないわよね？」

「課長は我が社のホープよ。超エリートなの。いくら彼が優しい人だからって、ただの一般職の凡人が身の程知らずもいいところだわ」

――ううっ。仰《おっしゃ》るとおり。

彼女たちの言葉の矢が次々と胸に刺さる。

だけどそれは本当のことで、常々日菜子も自覚しているので必要以上に傷ついたりはしない。そんなことよりも今は、この状況をどう切り抜けるかのほうが重要だ。

「もしかして、自分が課長の目に留まるとでも思った？」

「ま、まさか。そんなわけないじゃないですかぁ」

結果、笑って誤魔化《ごまか》すことにした。

相応《ふさわ》しくなかろうが身の程知らずだろうが、好きな気持ちは止められない。でも、それを彼女たちに宣言して事を荒立てることはない。

「嫌だな、私ごときが課長に気に入られるなんて、そんなこと思ったりしてませんよぉ」

アハハと軽く笑って、わざと肩を竦《すく》めて見せる。

「しらばっくれんじゃないわよ。あなたが課長に馴《な》れ馴《な》れしくしてるのを見たって人は他にも――」

「――あれ、桃井？　なにしてんの？」

そのとき、常磐がひょっこりと顔を出した。

「常磐さん！　ちょうどよかった。実は、この人たちが私と課長の関係を疑っていて……」

自分と央人がさほど親しくない関係だと証言してもらうには、うってつけの人物である。チラチラと目で合図を送る。

「課長と、桃井が？　……それはナイだろう」

常磐は、あっけらかんと否定する。あまりにも簡単に否定されたので、内心ヘコんだけどこの際無視する。

「俺と桃井は普段からよく一緒に出かけてるし、今日の夜もどうかなって話してたくらいなんだけど」

――ちょっと待て。そんなの、身に覚えがない。

常磐と二人で飲みに出かけたことはないし、今日のことだって初耳だ。

怪訝《けげん》な顔をした日菜子に、今度は常磐が思わせぶりな目線を送った。

――話を、合わせろってこと……？

「もしも課長と桃井が一緒にいるところを見た人がいるって言うなら、それは俺と課長を見間違えたんじゃないのかな？　課長と間違われるとか光栄だなぁ」

助けを求めたのは自分で、彼はそれに応《こた》えようとしてくれている。先日の歓迎会のとき二次会を断ったというのに、ここまでしてくれる彼の心遣いには感謝しかない。

「そ、それを言うなら私も……！　だって、私ですよ？　仮になにかあったとしたら、課長の趣味を疑いますよねぇ。でもまあ、私は課長のこと、これっぽっちも好きじゃないんですけどね!?」

「――そうなの？」

低く抑えた声が、背後から響いた。

慌てて振り返ると、不満顔の央人がすぐそこに立っていた。その横では小金井が、可笑《おか》しくて可笑《おか》しくて仕方がないという具合に肩を揺らして笑っている。

――げえええええっ、なんでまた、このタイミングで！

「騒がしいと思ったら、本当に君は次から次にトラブルを起こすね」

「も、申し訳ありません……」

喧嘩っ早い日菜子に、心底呆《あき》れているのかもしれない。

しかし央人は、しょぼくれる日菜子に優しく微笑みかける。

「でも、誰かのために動こうとするところは、嫌いじゃない」

大きな手が、ポンポンと頭を叩く。

その瞬間、周囲が殺気立つ。

――嬉しいけど、今は素直に喜べない！

「俺は大事な部下がトラブルになっているのを、黙って見過ごしたりしないよ。もちろん、君たちが困ったときも」

央人がにっこりと笑いながら言うと、敵意剥《む》き出しだった女子たちも、すっかり大人しくなる。

笑顔ひとつで場を収めてしまう央人は、やはり大人だった。

「でも、一度ならず二度までも騒ぎを起こした桃井さんにはペナルティ」

「ふえっ!?」

――ああ、今日は本当にツイてない。大好きな人に、とんでもない嘘を聞かれてしまった直後なのに……

「早急に見直しの必要な書類があるんだ。これっぽっちも好きじゃない上司からの頼みで悪いけど、今日は残業して」

一般職が残業を言い渡されるのは珍しい。ついでに、とんでもない厭味《いやみ》も言われた。

「常磐、せっかくの予定を潰《つぶ》して悪いけど、またの機会にしてくれ」

「わかりました……」

ガックリと肩を落とした日菜子と常磐を、央人が見つめる。

その瞳にほんの少しの企《たくら》みが浮かんでいたことに、日菜子は気づいていなかった。


「うう……っ、終わらないよう……」

大事な見積書の金額が合っていない。

央人に言い渡された仕事は、膨大な資料の中に隠れた間違いを探し出すことだった。

昼食後から始めたこの作業を、かれこれ数時間はやっている。

終業時刻を過ぎたとはいえ、いつもはこの時間ならもっと多くの人間が残っているはずだ。なのに、なぜか今日は日菜子と、執務室に篭もりきりの央人しかいなかった。

作業が終わったら、彼のところへ報告に赴《おもむ》かなければならない。そう考えると気が重くなる。

できればこのまま、永遠に見つからないほうがいい……なんてことはない。

それに、そんなことを考えていたら、あっさりと解決してしまったりする。

「あった……」

データの数字を一マス打ち替えただけで、あっという間にすべての数字が書き換えられていく。

苦労した作業が終わったというのに、喜びは薄い。

終わったからには行かねばならないと、印刷ボタンを押してのろのろと席を立った。

「課長、終わりました」

執務室の扉を開けると、央人は静かに顔を上げた。

彼の前まで進み、プリントした資料を差し出す。

「随分、手こずったね」

「申し訳ありません……」

「まあ、そう簡単には見つからないようにしておいたし」

ボソッと聞き捨てならない台詞《せりふ》が聞こえた気がしたけれど、空耳だろう。

書類に目を通す央人の顔は真剣なものだから、冗談を言ったはずがない。

彼は書類を片手に、なにやらパソコンを操作し始めた。

——沈黙が、重い……

静かな室内に彼が弾《はじ》くキーボードの音だけが響く。一言「お疲れ様」と声をかけてくれればこの部屋から退出するのに、タイミングを完全に失ってしまった。

二人きりになるのは随分久しぶりのことだった。ふと、佐保の一件以来まともに話をしていなかったことを思い出す。

「あの、課長。佐保……青柳さんの件では、お世話になりました」

「あれくらいなんてことはないよ」

少し間を置いて、返事があった。書類から視線を上げた央人は、ふう、と軽く息を吐く。

「しばらく青柳さんは大変だと思う。人の口に戸は立てられないからね」

「大丈夫です。課長が尽力してくださったお陰で、青柳さんは前を向けています。私も、精一杯彼女を守るつもりです」

日菜子は努めて明るく宣言した。なんとなく、央人の過去の出来事も重ねて、自分が少しでも力になれていたら、という願いを込めて。

「少なくとも、私や課長は真実を知っています。敵はいるけど、味方だっているんです。

私にできることはあまりないかもしれないけど、彼女の力になりたい」

好きになるのは簡単なのに、嫌いになることは難しい。相手が結婚しているからとか、他に好きな人がいるという理由ですぐに想いを消せるならば、どんなに楽だろう。

それでも佐保は、別れを前向きに捉《とら》えている。自分にできることは、そんな彼女の傍《かたわ》らに寄り添って、応援することだけだ。

「傷ついた人には、その分だけ幸せになってほしいから……？」

「そうです」

きっぱりと肯定した日菜子に、ふと央人が表情を崩した。

「君はいつも、相手のことばかり気にするね」

「そうですか？」

――いつもって、佐保以外に誰かいただろうか？

日菜子は元来《がんらい》、世話焼きな性格ではあるが、こういう場面を央人に見せたことは一度しかないはずだ。

「あの夜」、央人自身にお節介をした覚えはあるが、それは知らないはずだし……

「そうやって無条件に他人を助けようとするところは、嫌いじゃない」

キョトンとしている日菜子に、央人は苦笑する。

「課長だって、助けてくれたじゃないですか」

「俺のは、君の請《う》け売《う》りだよ。……ところで、ちょっとこっちに来てくれる？」

カチッとマウスをクリックした央人に促《うなが》される。

――もしかして、さっきの書類にまだ不備があったとか？

ビクビクしながら彼の隣に立った途端――グイッと、腕を引かれた。

「う、えええっ!?」

バランスを崩したと思った刹那《せつな》、彼の胸に抱き留められる。間髪容《かんはつい》れずに両膝の下に腕を入れられ、あっという間に膝の上に横抱きにされた。

――いったい、なにが起こったの!?

放心する日菜子を、央人がじっと見下ろす。至近距離から見つめられて、心臓がドクッと音を立てて跳ねた。

「俺、怒ってるんだけどわかってる？」

そう言った央人の口角は緩く上がっているけれど、目が、笑っていない。

「は、はい……あの、昼間は、大変失礼しました……」

「そうだね。あれにも傷ついた」

彼の眉がぐっと顰《ひそ》められる。相当怒らせてしまったのかと、日菜子は慌てた。

「課長にご迷惑をかけないようにするには、ああするしかなかったというか……」

咄嗟《とっさ》についた嘘でした――そう続けようとして、日菜子は口ごもった。

好きじゃないと言ったことを否定すれば、告白するのと同じになる。

こんな状況で、しかも怒っていると言われた直後に告白するのは嫌だ。

面倒くさくて重い女だと思われること必至である。叶わないのは仕方ないとしても、重いと嫌われるなんて耐えられない。

……重いといえば、いつまで彼の膝に座っているのだろう？　課長は重くないの⁉

「ふおっ！　は、離してくださいっ！」

「ダメだ」

ジタバタと手足を動かして逃れようとすると、いっそう力強く抱き締められる。

「君はすぐに逃げようとするな。……癖なの？」

「そんな癖はありませ……んんっ⁉」

黒い影が落ちてきたと思ったら、熱い唇で強引に塞《ふさ》がれた。

「ん……う、ん……」

するりと入り込んだ央人の舌が日菜子の舌を絡め取る。

感触を確かめるように口内の側面や舌先をくすぐられて、日菜子は思わず喉を反《そ》らした。

ぴったりと隙間なく合わさった口の中から、くぐもった水音がする。

円を描くように舌を撫でながら顎《あご》の内側も舐《な》められる。

恥《は》ずかしくて舌を引っ込めようとすると、歯先で軽く甘噛みされ咎《とが》められた。微《かす》かなコーヒーの味と、むせ返るような彼の匂い。日菜子は自分の襟元《えりもと》をきつく握り締める。ふいに、引っ張っていたブラウスが緩むのを感じた。

――脱がされてる⁉

キスをしたまま、央人は器用に日菜子のブラウスのボタンを外していく。

三つほど外されたところで、くちゅっと音を立てて離れた唇が銀色の糸を引きながら首筋へと下りていった。

「だいぶ消えてるな」

服の下に隠れていた薄い紫色の痕《あと》を見つけ、きつく吸われた。ほとんど消えていたキスマークが、また新たに刻まれる。

身じろぎしたお尻の下で、硬くなり始めた央人のモノを感じた。

「する……んですか？」

「嫌？」

返事をする前にブラウスを引き抜かれて、キャミソールの下へと手が潜《もぐ》り込む。優しく触れる指先から性的な意味合いを感じて、日菜子はふるりと身体を震わせた。

「嫌というよりも、なんで、というか……次があると、思ってなかったので……」

また彼に抱かれるのかと思ったら、胸がドキドキした。

「前は自分から誘ってきたのに、随分と消極的だな」

クスッと小さく笑い、央人は日菜子の身体を抱き上げて自分と向かい合わせに座らせる。

跨《また》がされた反動でタイトスカートが大きく捲《めく》れた。

露《あら》わになった太腿に気を取られているうちにキャミソールをたくし上げられ、あっという間に白いブラジャーを彼の目の前に晒してしまう。……相変わらず見事な手つきだ。

「その様子だと、俺がなにに腹を立てていたのか、わかってない？」

上目遣いで日菜子を見上げる央人は、ぞくっとするほど色っぽかった。

くらくらする頭で、日菜子はしばし考え込む。でも、正解はわからない。

「……どうやらわかっていないようだね」

声にちょっとした怒気を感じ取って、急いで離れようとした。だが、彼の身体を引き離そうとして伸ばした両腕を掴《つか》まれ、素早くうしろ手にまとめられてしまう。

「やあ……っ!?」

これでは身動きがとれない。央人は日菜子の手を片手で押さえ込み、もう片方の手で腰から背骨に沿ってつつ、となぞり上げた。

「……ふ、あ……」

ぞくぞくする刺激に身体が跳ねて、手に力が入るが、倍以上の力で握り返される。

「そうやってすぐに逃げ出そうとする癖は改めたほうがいい。それから、自己完結してしまうところも。逃げられると追いかけたくなるのは男の性分《しょうぶん》だ。その気がないならやめておけ」

ぷつりとホックを外され、胸の締め付けが解《と》かれた。

背中を手の平で擦りながら、ブラのカップを噛んで口で上へと押し上げる。

扇情的《せんじょうてき》な光景に目を瞠《みは》っていると、まだ柔らかい頂《いただき》をそっと唇で挟まれた。

「んあっ」

何度も優しく啄《ついば》まれる。神経がそこに集中して、先がじんじんと痺《しび》れて、硬くなっていくのがわかる。

やがて十分に主張するようになった乳首を、今度は軽くかじられ舌先で嬲《なぶ》られた。

「は、あ……あ、ん」

甘い責め苦に、日菜子は浅い呼吸を繰り返す。

もう片方の胸も丁寧に愛撫され、みるみる身体が熱を帯《お》びていく。

だけど彼は、ふわふわとした快感を与えるだけで、一向に刺激は強くならない。次第に、物足りないという衝動が生まれてくる。

焦《じ》らすような動きに耐えきれず、もぞもぞと腰を動かした。でも、はっきりとねだるのは、あまりにも恥《は》ずかしい。

「あっ、も……やだ……っ、課長……」

油断したら、もっと、と言ってしまいそうになる自分を抑える。鼻にかかった甘い声のまま拒否の言葉を口にした。

「やだ、じゃない。そうやって否定され続けるのも、案外傷つくんだよ？」

頂《いただき》を咥《くわ》えたまま喋《しゃべ》られて、吐く息が触れるだけで身体がびくびくする。

「ん……っ、ごめんな、さい……っ」

「それも、違う」

言うなり強く吸い上げられて、大きく仰《の》け反《ぞ》った。

「ひゃあっ、あ、あっ」

さっきまでの緩い愛撫が嘘のように、尖らせた舌先でぐりぐりと押し潰《つぶ》される。

反対側も爪で弾《はじ》いたり強く摘まれたりして、大きい声を上げてしまう。

「ん、んっ、やだ、課長……っ、だめ、あ、あん」

「だから、ヤダもダメも禁止だって。気持ちいいときは、素直に気持ちいいって言うんだよ」

きゅうっと強めに乳首を捻《ひね》られ、痛みと快感で目眩《めまい》がした。

気持ちいい——確かにその通りだ。こんな場所で、こんな格好で淫《みだ》らに喘《あえ》がされているのは恥《は》ずかしいのに、彼の唇や指に触れられるたびに悦《よろこ》んでいる自分がいる。

どんなに否定をしたところで、荒くなっていく吐息や甘い声、敏感に反応する身体は隠せない。

だったらいっそ、感じるままを伝えるのが、正解なのかもしれない。

「き、気持ちいい、です」

「……チョロすぎ」

——言われたとおりにしたのに！

日菜子は憤慨《ふんがい》したが、央人の表情はどことなく嬉しそうだ。ずっと不機嫌そうな顔ばかり見ていたので、彼のこんな顔を見るのも久しぶりだった。

日菜子を縛《いまし》めていた手を離した央人は、そのまま身体を抱き寄せる。

「君はそうやって素直でいればいいんだ。遠慮も、余計な計算もするな。そのままの君を見せて」

耳元で、低く優しくささやかれた。

そのままとは、意地を張らずに快楽を受け入れろということだろうか。それはかなり恥《は》ずかしい。でも、あれこれ画策しても、全部見透《みす》かされている。

「また余計なことを考えてる？　だから、それをやめろって」

央人の指に顎《あご》を掬《すく》われて、ふたたび唇を塞《ふさ》がれた。

——課長が知りたがっていることが、もっと別のことならいいのにな……

『そのままの君を見せて』なんて、立派な殺し文句だ。恋愛経験の乏しい日菜子はそう考えてしまうが、大人の男女間では、そういう意味では使われていないのだろう。

　そんなことを思いながらも、ありのままの自分を受け入れてもらえたような錯覚に酔う。

「邪魔だな。これ、破いてもいい？」

　央人の大きな手がストッキングの上から太腿を撫でる。

「ダメです！　……はっ！　今のは、本気のダメなんですけど……？」

　否定をするなと言われたばかりだけれど、これだけは譲れない。あいにく、予備のストッキングは持っていない。電車に乗って帰宅するのに、素足は困る。

「わかった。……ちょっと残念だけど」

　日菜子の拒絶を理解してくれた央人だが、なんだか本当に残念そうだ。

　男の人はストッキングを破りたがるものなの……？

　というか――

「ええ!?　待ってください！　本当に、ここで……？」

　彼の膝の上に乗せられたのは、軽い「お仕置き」のためと思っていたけど、ガッツリ本番!?

「このフロアには、もう誰も残ってはいないだろう？　でも、警備の見回りは来るかもしれないね」

——にっこり、と笑っている場合なの!? ここは神聖な仕事場で、おまけに誰かに見つかる可能性だってある。

「じゃあ、こうしようか」

央人は膝の上から日菜子を下ろし、机と自分の間に立たせる。

日菜子は机のほうを見て、彼に背を向けている状態だ。

執務室の周囲は半透明のアクリル板で覆《おお》われているので、椅子の上で重なっているよりは不自然には見えない。角度によってはやっぱり丸わかりだが、確かにさっきよりは幾分かわかりにくいかもしれない。

「どっちにしても、あんまり大きな声を出したら気づかれるから、気をつけて」

下着ごとストッキングを引き下ろした彼には、バレたらまずいのでやめる、という選択肢はないようだった。

「えええっ!? ちょっと待ってください」

「だから大きい声を出すな。あと、本当に待ってもいいの?」

下着を膝上まで下げたところで、長い指が腰骨を滑って茂みの奥へと分け入った。

「ひゃっ、ああっ!」

秘裂を開き、くちゅっと音を立てながら強く差し込まれる。途端に、弾《はじ》かれたように背中が弓なりにしなった。

「俺も我慢する気はないけど、君も……だろう？」

全身がガクガクと震えて、咄嗟《とっさ》に両腕を机について身体を支える。ぬかるんだそこは、彼の指を抵抗もなく呑み込んでいく。

「ほら、すごく濡れてる。解《ほぐ》す必要もないくらいだな」

かあっと、また身体が熱くなる。中を掻き回されて、涙で視界が歪《ゆが》む。

央人に肩甲骨《けんこうこつ》の辺りをぺろりと舐《な》められ、日菜子は一際甲高《かんだか》い声を上げる。

「んあっ」

「あんまり大きな声を出すと、聞こえるよ？」

――誰のせいだと⁉

日菜子は片手で口を塞《ふさ》ぎながら、首を動かし彼を睨《にら》んだ。

だが、余裕な笑みを浮かべた央人は、全然やめてくれない。

「その顔、堪《たま》らないな。ますます煽《あお》られて、止まらなくなりそうだ」

蜜が滴《したた》る秘部に、二本目の指を差し込まれた。関節を軽く折り曲げて、掻き出すように出し入れされると、淫《みだ》らな水音がさらに増していく。

「んあ、あ……いじわる……う、ああ……ん……っ」

容赦《ようしゃ》のない刺激に、身体は素直に反応した。

ナカの一際感じる部分を抉《えぐ》られて腰が揺れる。彼に弄《いじ》られ続けているそこは熱を持って、今にも破裂してしまいそうだ。

「そりゃあ、意地悪もしたくなるよ」

あともう少し、というところで、ずるりと指が引き抜かれた。

「やだ……っ、なん、で!?」

恐る恐る振り返ると、すぐそこに、ひどく仏頂面《ぶっちょうづら》の央人がいる。

「だって君、俺のことを『これっぽっちも』好きじゃないんだろう?」

央人は日菜子から身体を離し、ドサリと椅子に腰掛けた。背中に感じていた熱を失い、寂しい気持ちになる。

ぷい、と顔を背《そむ》けた彼は、どことなく拗《す》ねているようだ。いつもの大人な彼とは全然違う態度に思える。

一刻も早く誤解を解かなくては。日菜子は慌てて弁明しようとしたが、できなかった。央人が、おもむろにベルトに手をかけて、凶悪なモノを取り出したからだ。

ぬるりと濡れたそれを目の当《ま》たりにしてしまい……日菜子はパッと顔を背《そむ》ける。

「あああっ、あれは……咄嗟《とっさ》についた嘘で……っ」

心臓がどきどきして声が上擦《うわず》る。

これから起きることに期待した身体が高ぶっていた。きゅんきゅんと疼《うず》いて無意識に内腿を擦《こす》り合わせてしまう。

「……だろうね」

すぐうしろで彼の低い声が聞こえたと思ったら、胸が潰《つぶ》れるほど強く机に身体を押しつけられた。

「――きゃっ⁉」

上半身を折り曲げ、かろうじてつま先が床に触れている状態だ。

背中に覆《おお》い被さった央人は、耳のうしろに顔を寄せると、低く甘い声でささやいた。

「ねえ、桃井さん。君は、俺が好きなんだよね？」

「――ん、なななっ⁉」

なんてことを言ってくれるの――⁉

とっくの昔にバレバレなのはわかっていた。でも、言ってしまったらすべてが終わると思い、言わずにいたのだ。それを央人は、いとも簡単に口にしてしまった。

――どうする？　認める？　認めない？

日菜子の頭の中で、選択肢がぐるぐると回る。

いずれにせよ、がっちりと身体を押さえられた状況で、逃げることはできそうもない。

「……は、はい……」

蚊の鳴くほどの小さな声で、日菜子は認めざるを得なかった。

――もっと別な形で、きちんと告白したかった……

「だったら、もう嘘は吐《つ》かないでくれるかな？」

央人は自分の杭《くい》を掴《つか》み、日菜子の蜜口にぴたりと宛《あ》てがう。

「ひ……っ」

先端がほんの数ミリ花弁をめくる。それだけで、快感が頭の先まで突き抜けた。

「約束してくれたら、望む通りにしてあげる」

ぬちぬちと入り口を擦《こす》って焦《じ》らされる。自分からほんの少しでも腰を突き出せば、容易に膣へと差し込まれるだろう。しかし下肢に力が入らない状態では、どうすることもできない。

――じ、地獄だ……！　官能地獄だ！

「や、約束、しますから……っ」

ほとんど泣きながら、日菜子は懇願《こんがん》した。

だけど、それ以上は言えない。自分から具体的に央人におねだりするような大胆なことはできるわけがない。

「から？　どうしてほしい？」

――なんて甘い考えを、央人が許すはずもなかった。

「ほら。逃げずに、嘘吐《つ》かずに、素直に」

なんだその三原則は!?　冷静な頭であれば、そう言って突っ込んだに違いない。

だけど今は、わずかに与えられる快楽に溺れていた。

媚肉の裏側を擦《こす》られて、奥が締まる。

あと、少し。もっと深く――ああ、ほしい。

「んん……っ、課長、ほしい、です……」

そこに彼がほしい。理性を手放した。

「おねがい。……挿《い》れて、ください」

その声は驚くほど小さかった。けれど、央人の耳にはしっかりと届いたらしい。

「上出来だ」

ぐっと腰を持ち上げられて、待ち焦《こ》がれていた熱い塊がぐっと押し込まれた。

「……っ、あ、あああっ！」

圧迫感に全身が戦慄《わなな》いた。

奥まで深く貫かれ、すぐに引き抜かれる。うしろから激しく突かれるたびに、机の上のパソコンやペン立てがガタガタと大きな音を立てて揺れる。

「ああ、んんっ、はあ……、あ……っ」

日菜子は、おかしくなりそうなほどの快感を覚えていた。肌と肌がぶつかり、繋がった場所から蜜が零《こぼ》れる。なにもかもが満たされていく。

「君のナカ、すごくうねってる。気持ちがいい？」

腰を押しつけ回しながら尋ねる央人の声も掠れていた。彼もまた自分と同じように興奮しているのだとわかり、よりいっそう歓喜する。

「んっ、あ……あっ、い、いっ、きもち、かちょ……、きもち……いいの、お」

「……っ、く、本当に、ヒナは、可愛いね」

──ヒナ……それって、私の名前？

初めて彼に、名前を呼ばれた。まるで恋人みたいに甘く紡がれた言葉を、日菜子は噛み締める。

でも次の瞬間、ぞくっと、背筋が凍ることも言われた。

「だから、あんまり俺を怒らせないで。とことん苛《いじ》めて、可愛がりたくなるから」

ふっと笑った央人が腰を引き、ふたたび奥を穿《うが》つ。苦しいほどの衝撃が、日菜子を一気に追い詰めていく。

「あっ、ひ……っ、も、イク……っ、やあっ」

抽送《ちゅうそう》はさらに速くなり、奥の奥まで抉《えぐ》るように突き上げられて、呼吸すらままならない。身体の奥からなにかがせり上がって、目の前が閃光《せんこう》する。

「あっ、あ、ふじさ……課長、すきっ、すき……いっ、や、あ、ああっ、あああああっ！」

「そうだよ、ヒナ……君が好きなのは、俺だ」

――ドクン。

一瞬の浮遊感のあと、世界が白く弾《はじ》け飛んだ。

しばらくして、彼はゆっくりと自身を引き抜いた。

「ふ、あ……あっ」

ずるっと引きずり出される感覚に切なさのようなものを感じる。

日菜子は床へと滑り落ち、ぺたりと座り込んだ。

ゆらゆらと揺れていた視点が少しずつ定まってくる。徐々に興奮が冷めてくると、今度は途端に気恥《きは》ずかしさが襲ってきた。

――私ったら、こんなところで、なんてことを……！

「言っておくけど――」

突然背後からかけられた声に、わかりやすく身体が跳ねた。

「大人の関係とか、そういうのじゃないからね？」

いつの間にか身なりを整えた央人は、椅子に座って脚を組み、にっこりと微笑んでいる。その笑顔が、なんだかコワイ。

「は、はい……」

迫力に押されて首を縦に振ると、彼は日菜子のはだけたままのブラウスの前を合わせる。

「いつまでも刺激的な格好のままでいると、もう一回襲うよ？」

「ひいいっ！　失礼しました！」

慌てて背を向けた日菜子を見て、彼はクスクスと優しく笑った。

——今、彼は大人の関係ではないと言った。じゃあ、私たちっていったい……？

「ひとつ、お願いがあるんだけど」

日菜子があれこれ考えていると、央人がまた口を開いた。

とりあえずブラを着けて、ブラウスのボタンを留めながら彼を見る。見上げた先にいた彼は、もう冷たい雰囲気など醸《かも》し出してはいない。

「君の作った卵焼きが美味《おい》しかった。また食べたい」

にっこりと微笑んで言われ、日菜子は舞い上がる。

——つまり彼は、私が、好き……と思っていいってこと!?

「あ、そうそう言い忘れてたけど、俺が手がけているプロジェクトを、君にも手伝ってもらうことにした。近々出張もあるから、そのつもりでいてね」

——出張。課長と一緒に……！

嬉しいことを一度にたくさん言われ、日菜子の頭の中には大輪の花が咲き乱れる。

こうして日菜子の二年間の片想いは、ここに実った。……多分。

五　出張、湯けむり、メロン付き

「……できた！」

気分爽快、活力充実。早起きだってなんのその。

早朝からのひと仕事を終え、日菜子は額《ひたい》の汗を拭《ぬぐ》った。

今日は、出張に出かける日。

朝早い時間の出発なので、新幹線で朝食を食べられるようお弁当を作った。おにぎりは車内でも食べやすいよう小さめに。褒めてもらった卵焼きも、もちろん入れた。それらを荷物にならないよう、使い捨てのプラスチックケースに入れて完璧である。

今回の出張は、有名な建築事務所と組んでカフェを新規オープンする企画のためだ。内装一式を共同でプロデュースすることになっている。

そこで使用するインテリアや雑貨の買い付けのための出張に、日菜子はアシスタントとして同行する。アシスタントとはいっても、日菜子の主な仕事は経費の精算や荷物持ちといった雑務だが。力仕事も得意なので、なんでも任せてほしいと張り切っていた。

ネイビーブルーのワンピースに身を包み、ヒールのあるパンプスを履く。

そして彼の待つ駅へと意気揚々《いきようよう》と向かったところ――

「あれ、どうして小金井係長と常磐さんが？」

待ち合わせの場所で待っていたのは、央人だけではなかった。

「俺は申し送りと見送りに来ただけ。こいつは一緒に行くから」

こいつ、と指された常磐は、いつものスーツ姿にキャリーバッグを抱えて日菜子に駆け寄る。

「おはよう、桃井！　なんか、制服以外で会うと新鮮だな。可愛いよ！」

「……ありがとうございます」

いつもは会社指定の制服だが今日は違う。本当は真っ先に、央人になにか言ってもらいたかったが、気持ちはありがたく受け取っておく。

「今回の出張って、常磐さんも一緒だったんですね？」

「あれ？　言ってなかったっけ？　今回の出張は新人教育の一環。だから常磐と桃井が抜擢《ばってき》されたんだよ」

意味深な笑みを浮かべながら言った小金井が、央人の肩に肘を置く。

「このメンツ、面白いな」

ぼそりと呟《つぶや》いた小金井は、どうしてそんなに楽しそうなのだろう。日菜子は首を傾げる。

「そろそろ先方も来る頃かな?」

肩に乗せられた小金井の腕を払いながら、央人が腕時計を確認する。

「そういえば、あちらさんのデザイナーに変更があったらしい。新しい担当は最近入ったやり手の女史だ」

「へえ……有能なんだな」

男二人で盛り上がっている横で、日菜子はだんだん肩身が狭くなってきた。

——なんか私、いろいろと空回りしてるかも……

そんなこんなで、日菜子はビジネス談義するエリート三人の傍《かたわ》らで、小さくなっているしかない。

「お待たせしました」

約束の時間を少しばかりすぎたとき、ようやく残りの同行者がやってきた。

現れたのは、一組の男女。男性のほうは、人がよさそうというか、どことなく頼りなげな中年サラリーマン。

もう一人の女性は、見るからにデキるオーラを発していた。キャリアウーマンは会社で見慣れていたつもりだったけれど、なんというか、格が違う。

長い睫毛《まつげ》とばっちり引かれたアイラインで、目元には色気が漂っていた。

濃いめのルージュで強調された厚めの唇がセクシーで、女の日菜子でも思わず見惚《みと》れる。

白いブラウスの胸元は、ボリューム満点で明らかに日菜子よりもデカい。グレーのジャケットにブラウス、黒のパンツスーツというシンプルな組み合わせではあるが、抜群に決まっている。耳には大ぶりなゴールドのピアスが揺れ、足元のピンヒールが彼女のスタイルのよさをさらに際立たせ、できる女の風格が漂っている。

その美女は、コンコースの一角《いっかく》にいる日菜子たちに向けて微笑んだ。

「遅れて申し訳ありません。少し準備に手間取ってしまいました。このたび担当を仰《おお》せつかりました、赤瀬川芹夏《あかせがわせりか》です。よろしくお願いします」

遅れてきたというわりには堂々とした態度から、今回のプロジェクトは相手方が主導権を握っていることが窺《うかが》えた。

企画の概要は資料を読んで知っていたが、読むと見るとでは感覚が違う。きっとこういうことは、今回の件に限らずたくさんあるのだろう。そういうものを肌で感じさせるのが、今回日菜子を出張に同行させた狙いのひとつに違いない。

さっきまでの浮き立っていた気持ちを、秘かに引き締める。

「彼女が新しく入ったうちのデザイナーです。とはいっても、以前は別の会社で同じような案件を手掛けていたので即戦力ですよ。何卒よろしくお願いします」

男性のほうが、腰を低くしながら彼女について説明する。

日菜子はそれに会釈《えしゃく》をしたが、他の者からのリアクションがない。

不思議に思って三人の様子を確認すると、常盤は頬を赤くして彼女を呆然と見つめていた。

央人は、驚愕《きょうがく》した表情を浮かべている。大きく目を見開いたまま、彼女を見て固まっている。

小金井は、いつも愛想のいい彼にしては珍しく無表情だ。

男性たちの視線を浴びることに慣れているのか、彼女はまったく動じなかった。

それどころか央人に近づき、彼のシャツの襟をそっと掴《つか》んだ。

「お久しぶり。まだ、小金井くんとつるんでたのね」

央人の肩がピクリと揺れる。ようやく瞬《まばた》きをして、襟元《えりもと》に添えられたままの彼女の手を、握った。

「……セリ……」

口から絞り出された声を、日菜子は聞き逃さなかった。

――その、名前は……。

「課長に昇進したんですってね。あなたなら当然だと思っていたわ」

「なんで……ここに？」

「仕事に復帰したのは一年前ね。こちらには春からお世話になっているの」

仕事相手にしては近すぎる距離で話す二人から目が離せなかった。

央人に笑顔はないが、彼女は彼を真っ直ぐに見上げ、蠱惑的《こわくてき》な笑みを浮かべている。

美男美女の二人は誰が見てもお似合いだった。

「おや、二人は知り合いでしたか？」

「以前の会社に勤めていたときに、ご一緒したことがありますの。慣れた相手ですので
ご安心ください」

おじさんの質問に、彼女はようやく央人から離れた。

央人の視線が、彼女を切なげに追っている気がして、日菜子は手に持っていたバッグ
の紐をきつく握り締めた。

日菜子のところに、さりげなく小金井が近寄ってくる。

「桃井。とにかく、頑張れよ」

それはどういう意味なのか。よくわからないけれど、とにかくなにかを頑張らなけれ
ばいけないのは間違いない。

「……もちろんです」

勢いよく宣言し、小金井に向かい大きく頷《うなず》く。

こうして、波乱含みの出張は幕を開けたのだった。

新幹線で過ごす二時間は、日菜子にとって辛い時間だった。

央人たち四人はそれぞれのペアで横並びに座り、向かい合わせのボックスシートで打ち合わせをしている。

日菜子の席は、その一列前。背中合わせになっている央人の声を聞きながら、ぽつんと座っていた。

完全に、おマメ扱いである。

役割的に、これは仕方がないこと。しかし、これでは日菜子の役目であるサポート業務もできない。

自分もなにか役に立ちたくて、日菜子はうずうずしていた。

意を決した日菜子はくるりと身体の向きを変え、座席に膝立ちになってうしろの席を覗き込んだ。

「あの、課長」

目の前にあるつむじに声をかけると、央人がこちらを見る。

「桃井さん、どうかした？」

「あ、いえ、……寒くないですか？」

「大丈夫だよ。桃井さん、寒いの？」

隣で常磐が「貸そうか？」とジャケットを脱ぎだしたので、首を横に振って断る。

「そうだ。……喉、渇きませんか？」

「今はまだ。あとで車内販売が来たらコーヒーでも頼もうか」

ワゴンサービスが来たらコーヒーを五つ注文する仕事を賜《たまわ》った。

「そうですね。……お腹は、空きませんか？」

「大丈夫だから。ちゃんと前を向いて座りなさい」

ない知恵を絞っていろいろ考えたつもりだったが、最終的に怒られた。

ついでに、央人の向かいの席に座っている芹夏とも目が合う。

「ちゃんと座らないと、酔っちゃうわよ？」

妖艶な笑みを向けられて、すごすごと退散するしかなかった。

「彼女は新人さん？　可愛らしいお嬢ちゃんね」

完全に、子供扱いである。

仕方なく元通りに座り直したら、隣の席に座っていた中年女性が嫌そうな顔をしていた。

慌てて会釈《えしゃく》をして、身を縮める。

このように日菜子の旅路には、暗雲ばかりが立ちこめていた。

「今回の総合デザインは赤瀬川さんが手がけていて、うちは彼女のイメージにあったインテリアや備品を準備することになってる。カフェのコンセプトは『和《わ》』。町屋風《まちやふう》にしたいんだって」

タクシーの中で、常磐が彼女の経歴を含めて日菜子に説明する。

――赤瀬川芹夏、三十四歳。職業は空間デザイナー。二年前まで大手建築事務所に勤務していて、一年間のブランクを経て復帰し、現在の事務所へ入社したそうだ。

今、このタクシーには日菜子と常磐の二人しか乗っていない。央人は芹夏たちの車に乗っていった。

「どうして課長はあっちと一緒なんですか？」

「仕方ないよ。課長は今回、接待役さ」

仕事に私情を持ち込むのはよくないが、日菜子は思わずため息が零《こぼ》れた。

のどかな田園地帯を抜ける二台のタクシー。前を走る車の後部座席に、央人と芹夏が乗っている。乗車直前に彼女が『せっかく再会したんだもの』と彼を、自分の隣に強引に引っ張り込んでしまった。

「あんな美人と知り合いとか、課長もさすがだよね。絶対にあの二人、前になにかあったと思うんだ」

常磐の空気を読まない一言に、日菜子の片眉がひくりと上がった。

なにかあったどころの話ではない。かつては婚約していた間柄かもしれないのだ。

「課長はどうかわからないけど、赤瀬川さんのほうはなんか未練がありそうな気がするんだよな。課長だって、あんな美人に言い寄られたら悪い気はしないんじゃない？」

再会直後に彼の襟の乱れを直したり。新幹線の車内でも、日菜子が注文したコーヒーを『央人はブラックだったわよね？』と訳知り顔で手渡したり。

常磐の目にも、芹夏が央人に気のある態度を取っているように見えていたらしい。

「課長は会社でもモテるけど、赤瀬川さんみたいなタイプっていないよな。女性のほうが強くてグイグイ引っ張っていくとか、新鮮で惹かれるんじゃないか？　……俺は、可愛らしいほうがタイプだけど」

社内で央人にアプローチしている女子は、日菜子を含めて彼よりも年下が圧倒的に多い。でも芹夏は彼よりも年上で、主導権を握り付き合うタイプに思える。

「それにさ、あの二人が並ぶと絵になるよな。身長も釣《つ》り合ってるし、赤瀬川さんは色気たっぷりだし。それに、なんといってもあのナイスバディ！　……俺は、好みじゃないけど」

そうなのだ。かつての婚約者ということは、当然二人はそういうこともしている。芹夏に比べれば、顔も、身長も、胸のサイズも、日菜子のほうが圧倒的に劣っている。

――だからといって、すごすごと引き下がる気はないけど！

「常盤さんは、昔の恋人に再会したら、そういう気になったりするんですか？」

残念ながら日菜子には元カレという存在はいない。ぶすっとした表情のまま常盤に尋ねたら、なぜか彼は慌てていた。

「俺!? いや、ないない！　俺は好きになったら一途だから、そういうのはない！」

「……そう、ですよね」

それを聞いて、少しだけホッとした。

——この前の残業のとき、央人は自分を好《す》いてくれていると思ったけれど、日菜子はどこか確信が持てないでいた。

確かめようにも出張準備で忙しくなり、ろくに話せないまま今日を迎えてしまったのだ。プライベートの連絡先を交換していれば、帰宅後にメッセージなどを送れるが、日菜子はいまだに央人のアドレスを知らない。

そんなことが、恋人同士で有り得るのだろうか。いや、恋愛経験のない日菜子にも、それが一般的でないことは予想がつく。

——あれ、私たちってやっぱり……

朝までの張り切っていた気持ちが、みるみる萎《しぼ》んでいく。よりによって元婚約者と再会した日に、そんなことに気づきたくなかった。

逸《はや》る気持ちに駆り立てられても、日菜子は前を行くタクシーを見つめることしかできない。

それは、行く先々でも変わることはなかった。カフェのコンセプトに合うインテリアの数々を見て回る間も、央人の隣には常に芹夏の姿がある。芹夏がさりげなく央人に触れるたび、胸の奥に痛みを感じた。

仕事で来ているのだから、私情を持ち込むのはよくない。個人的な感情で、央人たちの仕事を台無しにするわけにはいかない。頭ではわかっているのに、不安に駆られてしまう。

複雑な気持ちを抱えたまま数軒を巡り、最後に訪れたのは友禅《ゆうぜん》工房だった。

ここでも、常磐と一緒に店内を回っていた日菜子は彼に尋ねる。

「友禅《ゆうぜん》って、着物のことですよね？」

店のショーウインドウには、百合や桜が描かれた着物が飾られている。これとカフェとがどう結び付くのか、日菜子には見当がつかない。

「着物に限らず、布に模様を染める伝統的な技法のことなんだって」

成人式の振り袖を選ぶときに、母や祖母が友禅《ゆうぜん》だ、絞りだ、と話をしていた覚えがある。

「店員さんのコスチュームをここで探すんですか？」

外国人にはウケがよさそうに思える。だが、インテリアを扱う会社が衣装を用意するとは、あまり聞いたことがない。

「ここの工房では、友禅《ゆうぜん》染めの技法を取り入れたガラス皿も作ってるんだって」

ほら、と常磐が指を指した先には、ガラスの小皿がいくつもディスプレイされていた。

「わあ、可愛い！」

よく見ると、ガラスに染め布を貼り、その上からコーティングされている。小ぶりな花や四つ葉のクローバー、千鳥や金魚の柄まであった。透明感があり涼しげで、女子が好む印象だ。

飾られた小皿を手に取った芹夏も、ほう、と息を吐く。

「よくこういうのを知ってたわね。央人って、意外と可愛いものが好きよね」

「……ほっとけ」

ビジネスの場であっても、芹夏はごく自然に彼の名前を呼ぶ。呼ばれた央人も、慣れているのか特別な反応をするわけでもない。それに、口調もいつもより砕けている。

なんてことのない会話なのに、二人の間に独特の空気が流れているようで悔しい。

「ここ、課長が見つけたお店なんですか？」

思い切って、日菜子が間に割って入る。

隣にひょっこり顔を出した日菜子を、央人は黙って見下ろしたあとで小さく笑った。

「気に入った？」

央人は日菜子の前に飾られた皿を一緒に覗き込む。

「はい。とっても、可愛いです」

「そうか。カフェの利用客には若い女性が多いから、桃井さんの意見も参考になるかもね」

「本当ですか!?」

ようやく役に立てることがあったと、日菜子の声が弾んだ。ここに来るまでの間には、これといった出番がなかった。交渉も契約も日菜子には専門外で、ただ黙って話を聞いていただけだ。議論を交わす央人や芹夏たちの傍《かたわ》らで、なにもできない自分を恥《は》ずかしく思った。

「あら。私だってそんなに年じゃないわよ?」

張り切っていた日菜子に水を差すように、芹夏が不機嫌そうな表情を浮かべる。

「それに、意見は大事だけど、私にも自分なりのプランやコンセプトがあるんだから」

「顧客《こきゃく》のニーズを掴《つか》むには、幅広い年齢層からの意見が必要だろう?」

「私たちの間に、そんなに年齢の幅はないわよ。それに、今回のカフェのメインターゲットはもっと……ねえ」

日菜子をじろじろと見回した芹夏は、そこで口を噤《つぐ》む。

——もっと、なんだって言うのよ!?

彼女がなにを言おうとしていたのかはわからないが、褒められていないことだけは確かだ。

その後も央人と芹夏が話を続けていると、店主らしき男性が現れた。商談のために店の奥へと促《うなが》され、日菜子も央人たちに続いて入ろうとする。

すると、くるりと振り返った芹夏が、なにかを差し出した。

「あなた、私たちが商談をまとめている間に、資料用の写真を撮っておいてくれない？」

芹夏が手渡してきたのは、手の平サイズのデジカメだった。

「特にすることがなくて暇そうだし」

「うっ」

手持ち無沙汰だったことは事実で、返す言葉もない。

「商談に参加する様子もないし、そもそもあなた営業なの？」

「彼女は、事務方のアシスタントなんだ」

返事に困っていると、様子に気がついた央人が間に入った。

「だったら、ちょうどいいじゃない。役割分担をきちんとしたほうが効率的よ。私、無駄なことをするのは大嫌いなの」

「……おい、そんな言い方はないだろ。見学するのも仕事のうちだ」

なんだか雲行きが怪しくなってきた。咄嗟《とっさ》に日菜子は芹夏の手からデジカメを受け取った。自分のせいで険悪な雰囲気になってほしくない。

「わ、わかりました！　私は写真を撮っておくので、課長たちは早く行ってください。お店の人をお待たせしたら申し訳ないですよ⁉」

グイグイと央人の背中を押して、待っている店主にぺこりと頭を下げた。

芹夏の言っていたことも一理ある。常磐のように、今後自分が商談を担《にな》う立場になる予定ならば、間近で見て勉強するのは有意義だろう。

しかし、日菜子の役割は別のもの。皆が働きやすいようにサポートするのが務めだ。ならば、帰社後に資料を確認しやすいよう、いい写真を撮るほうが役に立てる。

日菜子は許可をもらって店内を撮影して回った。一通りの写真を撮ったところで、店の外観も押さえておこうと思い立ち、外に出た。

店の周囲には田んぼが広がり、風が通り抜けると稲穂が揺れる。それは日菜子にとっては懐かしい光景だ。都会に住んで二年以上経つけれど、いまだにこういう景色のほうが馴染《なじ》み深い。

誘われるようにふらふらと歩いていたら、店の裏側で作務衣《さむえ》姿の老人と出くわした。

白い顎髭《あごひげ》をたくわえたその老人は頭に手ぬぐいを巻いていて、いかにも職人――師匠、といった感じがする。

「こ、こんにちは」

師匠は、突然現れた日菜子に無言で鋭い視線を浴びせた。

「えっと、彩美物産の桃井と言います。工房の見学に来た者です。なにかの作業中ですか？」

「……染め上げた布を干して、乾かしているんだ」

くしゃりと丸まった布を抱えて、工房の裏の干し場へと歩いていく。日菜子もあとをついていくと、近くに川が流れていた。

「布は、この川で洗うんですか？」

「洗い場は工房の中だ。昔は川で洗っていたが、環境汚染になるってよ」

「へえ……川を布が泳ぐのも、綺麗《きれい》だったでしょうね。見てみたかったな」

川には古い木の桟橋《さんばし》がかかっている。その上から、水の中ではためく鮮やかな布を眺めるのは、さぞ風流だったことだろう。

見たこともない景色を想像している日菜子に、師匠は少しだけ目を細めた。でも、すぐに布を干し始める。他に作業をしている人間はなく、足元の籠にはまだたくさんの布が入っていた。

「それ、私も手伝っていいですか⁉」

荷物を置いて腕まくりを始めた日菜子に、師匠は目を丸くした。

「あんたには無理だろう」

「あ、大事な作品だから、勝手に触っちゃダメですか？」

「水を吸っているから、重い」

「それなら大丈夫です。これでも私、力仕事は得意なんです」

一枚なら片手でいけそうな気もしたが、大事なものなので両手で慎重に持ち上げてみせる。

「汚れるぞ？」

「んー、似たような色の服を着ているから大丈夫です」

藍《あい》色の染め物はネイビーブルーのワンピースとは同系色だから、少しくらい服についても目立つことはないだろう。多分。

「……そんな既製品と一緒にするな」

そっぽを向かれてしまったが、触るなとは咎《とが》められなかったので、構わず手伝うことにした。

「すごい！　こんな長い布から着物を作るんですか!?」

師匠の手元を見ながら布を広げていくが、なかなか端が見つからない。

「これは着物用じゃなくて、吊るして飾る用だ」

デパートやショッピングモールの天井に吊るされているような、装飾品の類《たぐい》になるのだろう。

「なるほど。そういう用途もあるんですね」

一人で納得して、ようやく見つけた端を摘まんでぴんと引っ張る。力加減は、師匠の指先を見て確認する。

「師匠！　師匠の指先、染物の色が付いてますよ!?」

「……誰が師匠だ。毎日染料を触ってればこうなる」

布を入れた桶《おけ》に染料を入れてかき混ぜたり絞ったりするので、指も染まってしまっているのだという。

「絵描きのペンだこ、みたいなものですか？」

「まあ、そうだな」

「なるほど。でも、たった一度や二度の作業でそこまで染まるものじゃないですよね？　師匠の歴史ですね」

「……無邪気な姉ちゃんだな。仕事はいいのか？」

「はい、これも私の仕事のうちです。皆が商談をしている間に、商品やお店の雰囲気を記録しておくことが私の仕事なので。うちのおばあちゃんが、勉強するならただ見ているだけじゃなくて一緒にやったほうが理解できるって、よく言ってました。商品の成り立ちも理解して、より深く理解したいんです」

昔、祖母は田舎《いなか》の畑に農業視察に来たお偉いさんに、一緒に土を耕《たがや》せと強要していた。

『ちらりと見たくらいで農家の苦労なんてわからない！』と叱《しか》りつけたりして。それを見たときには強引すぎると笑ってしまったけど、それはある意味正しいとも思う。

それに、央人たちの横で悶々《もんもん》としているよりも、身体を動かしているほうが性《しょう》に合っている。

せっせと作業をして、次々と干していく。川辺に並ぶそれは清らかで、不思議と心が落ち着いていった。

「ああ、腹減った」

ようやくすべてが終わり、師匠がうんと腰を伸ばす。

「お昼、食べてないんですか？」

「染めに時間がかかって、これから休憩だ」

昼時はとっくに過ぎているというのに、職人とは過酷《かこく》な仕事だ。

日菜子はふと、お弁当の入ったトートバッグに目をやった。

「そうだ！　私、お弁当持っているんですけど、よかったら食べませんか？」

中身を取り出し、じゃん！　と差し出す。……ハート型の卵焼きは、気にしないでもらいたい。

「おにぎりには、私の実家で作ったお米を使ってます。冷めても美味《おい》しいから、味は保証しますよ？　あと、ハートの卵焼きは、幸運のおまじないなんです」

日菜子はここへ来る前に、皆と一緒に軽食を取った。しかし持参したお弁当のことが気になって、あまり手が進まなかったのでお腹が減っている。

……ここで一緒に食べてもいいだろうか。そのほうが、食材だって浮かばれるというものだ。

「出張に弁当持参で来るとは、呑気《のんき》な姉ちゃんだな」

最初は呆《あき》れていた師匠だったが、そのうちに笑顔へと変わった。

川のせせらぎを聞きながら、老人と娘が並んでおにぎりを頬張る。昔、祖父母と縁側に座ってお茶を飲んでいたのを思い出す。

「お一人で、大変じゃないですか？」

「好きなことだからな。同じように染めたつもりでも、毎回同じものができるわけじゃない。染料の加減や洗い方が違うだけでも変わってくる。作品とはいつも一期一会《いちごいちえ》だ」

「なるほど。そうやって染めているうちに、自分の手も染まっていく……恋愛みたいですね」

日菜子は我ながらいいことを言ったと胸を張ったが、師匠は「はあ？」みたいな顔をしている。

「ほら、恋愛って『彼色に染まる』とか、『自分色に染める』とか言うじゃないですか？　染めているつもりが染まってるとか、出会いは運命、一期一会《いちごいちえ》だとか。よかれと思って手を掛けすぎてもダメだし、引き際だって見極めなくちゃいけないだろうし。だからこの作品たちは、師匠の愛の結晶ですね！」

「……めでたい姉ちゃんだな」

師匠の心にも響いてほしかったのに、日菜子の考えはお気に召してもらえなかったらしい。だが、ガックリとうなだれる彼女を見ながら、師匠は髭《ひげ》に覆《おお》われた口の端を軽く上げた。

「あんたとの出会いも、運命かもしれないな――」

「師匠？」

師匠の声が川のせせらぎに掻き消され、日菜子が聞き返そうとしたときだった。

「――いた！」

「うわっ⁉　か、課長⁉」

建物の陰から現れた央人とバッチリ目が合った。作業に没頭している間に、商談はすっかり終わってしまっていたらしい。

央人の視線は河原に座り込む日菜子と師匠、それから二人の間に広げられたお弁当へと移る。

「いないと思ったら……こんなところでピクニック？」

「ひっ、これは、その」

持ったままだったおにぎりを慌てて口に押し込み、急いで立ち上がる。

「まあ、そうカリカリすんな」

口を開いたのは、師匠だった。

「社長」

「なかなか面白かったよ。次の作品の参考にもなった——また、遊びにおいで」

弁当もうまかった。師匠はそう言って日菜子の肩を軽く叩くと、工房の中へと入っていった。

「師匠……社長さんだったんだ……」

「桃井さん、とりあえずそれ、片付けて」

師匠のうしろ姿をぼうっと見送っていたら、央人に呼ばれた。

彼は日菜子の横に広げられたお弁当を指さしている。プラスチックケースの中には、ハートの欠片《かけら》がいくつか残っていた。

——見られてしまった。

出張先にまでお弁当を作ってきたことを、今となっては知られたくなかった。日菜子は居たたまれない気持ちになりながら、そそくさと片付ける。

「一人だけ残したのは悪かったけど、勝手にいなくなるのは困る」

「はい……申し訳ありません」

日菜子は腰を折って頭を下げるしかなかった。

「だけど、あの気難しい社長に気に入られるのは、大したもんだ」

いつもの優しい口調でそう言った央人に、日菜子は目を丸くし、恐る恐る顔を上げる。

「社長は店のことは息子さんに任せて作品作りに没頭している人だからね。俺はいまだに受け入れてもらっていない」

「えっ、師匠が気難しい？　私にとっては田舎《いなか》のおじいちゃんみたいで親しみやすかったです」

央人は苦笑しながら「君のそういうところには敵《かな》わないな」と呟《つぶや》いた。

「私、師匠のお手伝いができてよかったです。師匠たちがどれだけの時間と手間と愛情をかけているのか、実際にやってみてわかったんです。大事な商品をお預かりしている自分たちの責任も、わかったと思います」

「そうか……」

「央人……ああ、見つかったのね」

そのとき、央人の背後から芹夏が現れた。

早足で近づいてきた芹夏は、当たり前のように央人の隣に立つ。

そうして、辺りを見回して小首を傾げる。

「こんなところまで写真に撮らなくてもいいんだけど」

「すいません……ちょっと、お手伝いをしていたので。あ、でも、ちゃんと写真も撮りました」

お弁当と一緒にトートバッグに入れていたカメラを取り出し、芹夏に返す。ついでに、捲《まく》っていた袖を下ろして、ワンピースの皺《しわ》もぴんと伸ばした。

「――あなた、染め物職人にでもなるつもり？」

芹夏は厚くぽってりとした唇で、冷たく言い放つ。

「ここに来た目的や、あなたの役目を忘れてもらっちゃ困るのよ。私があなたに写真を頼んだのは、効率よく仕事をするためだった。それなのに、結局あなたのせいで手間取ったじゃない。遊び気分も大概にしてもらえないかしら？」

皆の役に立つために頑張ったつもりだった。けれど、自分の役割を越えて出しゃばりすぎてしまった自覚はある。現に、自分を探すために央人や芹夏の手を煩《わずら》わせてしまったのだ。

よかれと思ってしたことが、この出張ではとことん裏目に出ている。

「それに、ずっと気になってたんだけど、あなたの服は動き回ることの多い出張には不向きじゃないかしら。可愛らしさを振りまいているつもりかもしれないけど、仕事に浮かれた感情を持ち込まないで。『だから女は』って舐《な》められるのよ」

風でスカートの裾が揺れるのを見て、芹夏は不快感を露《あら》わにする。

――出張に来てからの半日で気づいた。芹夏は仕事にとことんシビアで、徹底的に効率を追求している。それだけ彼女は、仕事に対して真剣なのだ。

芹夏はきっと、バリキャリとして男性と肩を並べて働いてきたのだろう。

もしかしたらその中で「女だから」という理由で辛い目に遭《あ》ってきた可能性もある。

だから余計に、日菜子の姿勢を快《こころよ》く思わないのかもしれない。

日菜子も日菜子なりに一生懸命考えて行動しているつもりだったが、芹夏との差を痛感する。

経験の差をすぐに埋めることはできないが、これからはもっと気を引き締めようと誓った。

どんなときでもへこたれず、前向きに取り組めることが日菜子の取り柄だ。ネバーギブアップの精神で、芹夏から学べることは吸収してみせる。

日菜子は俄然《がぜん》、やる気を漲《みなぎ》らせた。

「だったら、おまえの靴はどうなんだよ」

秘かに闘志を燃やす日菜子の向かいで、央人は呆《あき》れた様子だ。

「私はこれが標準仕様だもの。女だからって舐《な》められないようにするための、必要な武装なの」

「屁理屈《へりくつ》だな」

「私はずっと、こうやって男社会で戦ってきた。私がこういう人間だって、よく知っているでしょう?」

やけにテンポのいいやり取りに、ギスギスしていた雰囲気が和《やわ》らいでいく。日菜子はいない者にされている感じである。

「こんな子を出張に連れてくるなんて、おたくの会社はこのご時世に呑気《のんき》すぎない?」

「うちの方針なんだから、ほっといてくれ」

「経費の無駄遣いよ。営業が頑張って立てた売り上げを、こんなことに使われるなんて報われないわ」

「無駄になるとは限らないさ」

「あら。私はただ、役に立たない部下のせいであなたの名誉が傷つかないかが心配なだけよ」

――課長の、名誉。

その言葉は、日菜子の胸をこれでもかと抉《えぐ》った。

芹夏は仕事ができるし、容姿も抜群。おまけに日菜子の知らない央人をたくさん知っている。二人には歴史があるのだ。お互いに刺激し合い、高め合える関係となれるだろう。

そんな人が、ふたたび央人を狙っているとしたら――

彼がどちらに魅力を感じるかは、火を見るよりも明らかである。

頑張ろう、頑張りたいとは思うものの、不安ばかりが胸を占めていた。

悶々《もんもん》とした気持ちを抱えながら一日目の旅程は終了した。

日菜子たちは、宿泊先のホテルに向かう。

田舎《いなか》は宿泊施設の数が少ない。従って、宿泊先も芹夏たちと同じところだった。

それぞれの部屋にチェックインして、夕食は五人で一緒に取った。

ここでも芹夏は央人の隣に座り、仕事の話で盛り上がっている。日菜子は一人で黙々と箸を進めて、気まずい時間をやり過ごした。

そして、ようやく食事を終え、ここからは自由時間。

露天風呂付きの大浴場でリラックスしようと考えた。

今日の疲れや自分の中に溜まった負の感情を綺麗《きれい》さっぱり洗い流して、明日に備えるつもりだったのに――

「あら、あなたもいたの？」

露天風呂で手足を伸ばす日菜子の前に現れたのは、胸に大きなメロンを二つ抱えた、芹夏だ。

――デ、デカい……！

豊満な胸の膨らみに、日菜子は鼻まで湯船に浸かって身を隠した。

芹夏は日菜子の隣で、うんと背伸びする。大きなおっぱいはお湯に浮くということを、日菜子は初めて知った。

「そんなに警戒しないでよ。私が苛《いじ》めているみたいじゃないの」

――いや、その胸は十分な凶器ですよ？

日菜子とて、そこまで小さな胸というわけでもないが、芹夏のそれは迫力が違う。ぷかぷかと揺れる胸を横目に見ながら、いつまでも潜水しているわけにもいかないので、元の姿勢に戻る。

「ここは天然温泉なんですってね。最近仕事ばかりで疲れ気味だったから、お肌がつるつるになるのは嬉しいわ」

お湯を掬《すく》って肩にかける芹夏は、旅番組で温泉紹介をする女優みたいだ。

――二年前のあの夜、央人は芹夏と間違えて自分を抱いたのかもしれないと思ったが、訂正する。間違えようがない。彼女と自分は月とスッポン、提灯《ちょうちん》に釣《つ》り鐘《がね》。レベルが違いすぎる。

「あなた、今いくつ？」

「……二十三です」

「そう。私と初めて会ったときの央人と同じ年ね」

二人は、そんなに前から知り合いだったのか。央人は今、三十二歳で、もし二人がその頃から付き合っていたのだとしたら二年前までだから……交際期間は七年にも及ぶ。

またしても敵《かな》いそうにない差を感じて落ち込んだ。

それでも芹夏は、央人と別れて他の男性のもとへ行ったはず。今だって、本当に央人を狙っているのかは、確かめなければわからない。

「赤瀬川さんは……ご結婚は？」

結婚していてほしいと、祈るような気持ちで尋ねた。たしか長年愛人をしていると央人から聞いたから、現在進行形でその関係を続けている可能性もあるが。

「少し前に離婚したの」

芹夏は表情ひとつ変えずに、日菜子の期待を裏切った。

「相手は私よりかなり年上だったんだけど、世代間ギャップってあるのよね。最初はうまくいっていたのに、そのうちにお互いの考え方や価値観にズレが生《しょう》じて、結局一年も続かなかったわ」

元の職場の取引相手だった男性と、二年ほど前に結婚し、すぐに離婚したらしい。

仕事は、結婚して一度は辞めたが、離婚を機に復帰したという。「やっぱり自分には仕事をしているほうが合っている」と、彼女は笑う。

——結婚したのが二年ほど前で、相手はかなり年上だった。

その情報から察するに、やっぱり芹夏が央人の元婚約者に違いない。

かなり年上の相手、というのは央人と付き合いながら愛人関係を続けていた人物のことだろう。

「年上の男の人って社会的地位があって落ち着いているし、経済的にも余裕がある。人生経験も豊富だから、仕事で行き詰まったときに助言もくれるわ。自分を高めてくれて、今後も向上していくためには、そういう人と一緒になるのが最良だと思ったのよ」

「それは……『効率的』だからですか？」

「効率的」という言葉を、今日一日で芹夏から何度も言われた。それは彼女にとって、すべてにおいて一番重要なことのような響きだった。

未熟者の日菜子がこんなことを言うのはおこがましいが、芹夏はその言葉に囚《とら》われすぎているように感じられた。

「そうね。物事を効率的に考えるのは、大切なことよ」

芹夏はちょっと自嘲《じちょう》めいた笑みを浮かべている。

ずっと自信たっぷりだった彼女にしては意外な反応のように思えた。

「効率を追求することは大事。でも、多少遠回りでも一時的にリスクを取ったほうがいいこともあると、過去の結婚で学んだわ。結婚するなら、やっぱり自分に近い人間を選ぶほうがいいのよね」

芹夏からは悪びれた様子は微塵《みじん》も感じられない。彼女が自分のパートナーをどんな基準で選ぼうが自由だ。

でも、それによって他人を振り回したり、傷つけたりしていいわけじゃない。

――やっぱり私、負けられない！

社会的地位も、プロポーションも、なにひとつ彼女に勝っているところなどない。だけど、ハートで勝負だ。

「あなた――央人のことが好きなんでしょう？」

「――ふえ!?」

日菜子は口を開けたまま固まっていただけだが、芹夏はそれを肯定と受け取ったらしい。挑発的な眼差しで日菜子を見る。

「憧《あこが》れは憧《あこが》れのままで止《とど》めておきなさい。若くて可愛い女は男にとって流行のトレンドアイテムみたいなもので、最新版が発売されたら飽きて捨てられるだけなんだから。長い間重宝がられるには、見た目だけじゃダメなのよ」

「それは、赤瀬川さんの経験談ですか？」

身の丈に合わない年上の男性を追いかけた結果なのかと、皮肉を込めたつもりだった。

だけど彼女は動じない。

「そうよ。私は失敗を活かして前に進むの。あなたにもその貴重な経験談を聞かせてあげてるんだから、感謝してほしいくらいだわ。だってそのほうが『効率的』でしょ？」

——また「効率的」……

エリートの思考が、まったくわからない……

「つまり、央人に相応《ふさわ》しいのはあなたじゃない。見た目だけじゃなく、中身も詰まったこの私みたいな女性よ」

条件面で言えば、確かに日菜子に勝ち目はないのかもしれない。

でも、人の心は、そんな簡単に割り切れるものではない。足りない部分は気持ちでカバー。失敗しても、何度でも立ち上がって前進する。それが日菜子の信条だ。

それにこの間、央人はそんな日菜子のことを好きと言ってくれた——と思う。

『この勝負、受けて立つ！』と宣言しようとして、日菜子はザバッと勢いよく立ち上がった。

「あら……余計なお世話だったみたいね」

突然仁王《におうだ》立ちになった日菜子に、芹夏は目を丸くする。いや、厳密にいえば、日菜子の身体のある部分を見て、だ。

——自分より貧相だと思った!?

芹夏が指で、胸の谷間をトントンと差し示す。

日菜子が自分の胸元を確認すると、火照《ほて》った肌にキスマークがはっきりと見えていた。

普通にしていれば目立たなくなっていたが、長く温泉に浸かっていたせいで浮かび上がってしまったらしい。

――は、恥《は》ずかしい……！

見る人が見れば「最近エッチしました」と自己申告しているようなものだ。

「あう……こ、これは……」

ひとまず、お湯に浸かって退避する。

「キスマークは独占欲の表れ。そんな人が、あなたにはもういるのね」

動揺する日菜子にも、芹夏は大人の余裕で微笑み続ける。

――ということは、これって、課長の独占欲の証《あかし》？

とりあえず、お湯の中で悶絶する。

「てっきりあなたが報われない恋に身を窶《やつ》しているかと思ったけど、お相手がいるなら必要のない忠告だったわね。私の周りは淡泊なタイプばかりで、そんな情熱的な人は今までいなかった。若いって羨《うらや》ましい」

お先に失礼、と芹夏は先に出ていく。お尻もまた、美しい。

――その情熱的な人って、課長なんだけどな？

日菜子からすれば、央人のエッチはガツガツだ。芹夏にとって、あれが淡泊な部類なのだとしたら……すごすぎる。

日菜子はあまりの衝撃でしばらく動けず、少々のぼせてしまった。

温泉から出て脱衣所の暖簾《のれん》をくぐったところで、央人とばったり遭遇《そうぐう》した。

「桃井さんも今出たところ？」

「はい！」

浴衣《ゆかた》に身を包んだ央人は、いつにも増して色気立っていた。これまでにもバスローブ姿や裸を見てはいるが、いつもと違う姿はやはり新鮮で胸がドキドキしてくる。

「ちょうどよかった。湯冷ましに外に出ようかと思っていたんだけど、一緒にどう？」

にこりと笑う央人からの申し出は願ってもないものだった。

「もちろんです！」

二つ返事でOKをして、肩を並べてホテルの外に出る。

日菜子は頬が緩むのを止められなかった。

ホテルの脇にある川沿いの散歩道は、二人の他に人の気配もない。都会のように街灯があるわけでもなく、月がぼんやりと夜道を照らしているだけである。

川のせせらぎと風が揺らす柳の葉の擦《こす》れる音、どこからともなく虫の音《ね》も聞こえてきて、生まれ育った町を思い出す。

「寒くはない？　今日は疲れたよね」

「大丈夫です」

温泉に入って、大好きな人と二人きりの時間を過ごせるのだから、疲れもどこかに吹き飛んでしまった。

こんなふうに恋人と二人で夜道を歩くのは、学生時代の日菜子の夢だった。部活帰りに彼氏に家まで送ってもらったというクラスメイトを羨《うらや》ましく思っていたものだ。ようやく念願が叶った。

でも、いざ二人きりになると、なにを話せばいいのかわからない。

仕事のこと、芹夏のこと、自分とのこと……聞きたいことはたくさんあったはずなのに、ただ彼の隣にいられるのが嬉しくて、すべてがどうでもいいことに思えてくる。

「まずは出張初日が無事に終わって、ホッとしたね」

「課長はお疲れ様でした。私は、仕事らしいことはなにもできませんでしたけど」

「初めての出張なんてそんなもんだよ。俺も新人のときは、なにもできなかった」

そう言って央人は軽く肩を回す。

「正直、今日は俺も気を張っていたから疲れた」

弱々しく苦笑いをする央人は、あまり見たことがなかった。

月を見上げる央人の横顔は、本当に疲れているように見える。それだけ大事な仕事なのだろうけれど、それだけではない気もする。

日菜子は、意を決して口を開く。

「課長と、赤瀬川さんは……」

「ただの、古い知り合い」

やや食い気味で、央人が言葉を遮《さえぎ》る。

「彼女は、俺が新人のときに初めて仕事をした相手だから、舐《な》められたくなかったんだ。仕事にシビアで、理想が高い。自分自身にも厳しくて、完璧にこなす実力も備えている。そんな相手だから気が抜けないんだ。結婚して、仕事を辞めたとばかり思っていたんだけど……」

「離婚した、そうですよ」

余計なことを言ったのかもしれない。でも、それを告げたときに彼がどんな顔をするか、見たいと思ってしまった。

「さっきお風呂で一緒になって。本人に聞きました」

「そうか……」

ポツリと一言呟《つぶや》いたまま、央人は黙り込んでしまう。

日菜子が見たいと思っていた表情は、月が雲に隠れたことで見えなかった。

彼が喜びの言葉を口にする前に、なにか話題を変えなくては。咄嗟《とっさ》にそう思った。

これ以上、彼に彼女のことを考えてほしくない。なんでもいいから、別のことを――

「あの、課長は……おっぱいは大きいのが好きですか⁉」

よりによって、一番どうでもいいことを聞いてしまった。

「――ぶはっ」

央人は案の定、噴き出した。

――ああ、どうして私はいつも……

芹夏の話題から離れたかったのに、頭の中が彼女のことで一杯で、ついさっき見た大きな胸を思い出してしまった。

「うん、そうだね。嫌いではないけど、どうしてそんなこと聞くの?」

どうしてと聞かれても、あの胸を彼が揉んだかどうかが気になったとは、言えない。

「いや……まあ、気になったというか、ですね……」

「気にしなくても、君だって小さいわけではないじゃないか」

いつの間にか隣にいたはずの央人が背後に回っていて、うしろからぎゅっと抱き竦《すく》められた。

「か、課長……っ⁉ ここでは……っ」

突然の抱擁《ほうよう》に胸の鼓動が激しくなる。

いくら他に人がいないとはいえここは外で、いつ誰に見られるかわかったものではない。

「わかってる」

低くささやいた唇が耳殻《じかく》をなぞり、ぞくぞくとする刺激に肌が粟立《あわだ》つ。

「自分の手に余るものより、今はこうやって腕の中に収まるくらいのほうが好きかな」

「……それは、おっぱいの話ですか？」

「結構ストレートに伝えているつもりなんだけど、君は本当に鈍いよね」

央人の片手は日菜子の肩をきつく抱いているが、もう片方の手は、ちゃっかりと膨らみの上に添えられていた。

「きちんとした話は、また今度。俺にもわからないことがあるからね」

央人が意味深に呟《つぶや》いたが、もどかしい刺激に耐えている日菜子には考える余裕もなかった。

こうやって彼の腕に抱かれていると、まるで好きだと言われている気がして、全身がかあっと熱くなる。

「圭吾……小金井が、君を推す意味が、なんとなくわかった」

日菜子の首筋に顔を埋《うず》めた央人が、すうっと息を吸い込む。

「……君といると、退屈しないよ」

「それって、単純に、面白いってことですか？」

「うん、そうだよ。君といるときの俺は感情の起伏《きふく》が激しくなる。でも、それが嫌じゃない。君に振り回されるのは楽しくて、時々腹が立って、それからすごく癒《いや》される」

膨らみを包んでいた手が離れ、顎《あご》を掬《すく》う。少し強引にうしろを向かされた先で、央人の柔らかな唇が落ちてきた。

「……ん、ふ、う……」

日菜子の横の髪を掻き上げた指が耳の縁をくすぐる。

くちゅっと音を立てて唇を食《は》まれるだけで、吐息が漏れた。浅く入り込んだ彼の舌に舌先をくすぐられて、それに日菜子もぎこちなく応《こた》える。

「これ以上すると、止まらなくなりそうだから」

ゆっくりと離れていく熱に、名残惜《なごりお》しさを隠せなかった。

潤《うる》んだ瞳で見つめていると、彼の唇が弧を描く。

「常磐たちがいなければよかったのにね」

「はい……って、ええっ⁉」

すぐにプッと小さく噴き出したから冗談だとはわかったものの、央人も少しは自分のことを想ってくれているようで嬉しい。

そろそろ戻ろうかと促《うなが》されても、脚がうまく動かなかった。

「あ、あの……先に、戻ってください……私、ちょっと頭を冷やしたいので……」

なんだか、身体のいろいろなところが火照《ほて》ってしまった。こんな気持ちのまま部屋に戻って悶々《もんもん》とするのは健康上よろしくない。

顔を俯《うつむ》けて、もじもじしている日菜子の耳元で、央人はボソッとささやいた。

「本当に、あいつらがいなければ抱き潰《つぶ》してやるのに」

――そんなことをささやかれたら、興奮が収まらない！


央人を先に帰し、一人で自分の部屋に戻ったあとも、目が冴えて全然眠れなかった。

これまでの日菜子なら、央人とちょっとした接触があったり優しい言葉をかけてもらった日は、幸福感に浸りぐっすりと安眠できていた。

だけど、今はもうそれだけでは満足できない。なんだかいろいろと、大人になってしまったということだろうか。

もう少し、二人だけの時間を過ごしたい。もう少しくらいなら、許されるだろうか。

我慢ができなくなった日菜子は、自分の部屋を抜け出した。

央人と常磐は、日菜子の部屋のひとつ上階に泊まっている。

エレベーターを降りて、出張前に聞いた部屋番号を探して進む。

この角を曲がれば央人の部屋、というところで、ドアの開く音がした。

「――こんばんは」

続いて聞こえた女性の声に、日菜子は足をピタリと止めた。

間違いなく、芹夏だ。その声は、日菜子が目指していた部屋のほうから聞こえてくる。

「セリ……」

芹夏を愛称で呼ぶ、央人の声。

日菜子は忍者のように、物陰にぴったりと身を隠した。

「来ちゃった。ねえ、少しだけ中で話ができない？」

「どうして」

「立ち話は他の人の迷惑になるでしょう？　入れてよ」

彼女の声は、昼間に聞いたものより少し甘ったるい感じがする。

――お願い、断って……！

「……わかった」

短い返事のあとで、無情にもドアが閉まる音がする。どうやら彼は、芹夏を部屋の中へと招き入れたらしい。

静まりかえった廊下で、日菜子の耳にはドキドキという自分の心臓の音だけが響く。

――お、落ち着け、私。ただ単に、仕事の打ち合わせかもしれないじゃない。そもそも、課長の口から直接、彼女が元婚約者だと聞いたわけでもない。普通に、旧知の友達という可能性もある。

日菜子は必死に自分に言い聞かせようとした。

だけど、彼はさっき大きいおっぱいが嫌いじゃないと言っていた。

あの巨乳で迫られたら、男としてはクラクラくるものがあるかも——？

ゴクリと唾《つば》を呑み込んで、央人の部屋の前に立つ。

ほんの微《かす》かではあるが、扉の向こうから話し声が漏れ聞こえてくる。

盗み聞きが明らかに悪いことなのはわかっている。

でも——知りたい。

ごめんなさい、と頭の中で呟《つぶや》きながら、無機質なドアにそっと耳をつけた。

聞こえてきたのは、焦った様子の芹夏と、苦しげな央人の声。

「待って……っ、央人……！」

「……君が……好きだった……」

咄嗟《とっさ》に叫び声を上げそうになったとき、日菜子の腕をパシッと掴《つか》む者がいた。

びくりと身体を揺らした日菜子の手を取ったのは、常磐だった。

常磐は無言で、日菜子を扉の前から引き剥《は》がす。そのまま引きずるようにして、エレベーターへと乗り込むと、一階に下りるボタンを押した。

ずんずんとホテルの外に出て行っても、日菜子は抵抗せずついていく。とにかくもう、頭の中は真っ白だった。

そして常磐に連れてこられたのは、少し前まで央人と一緒にいた幸せの跡地だった。

そこで立ち止まり、常磐はくるりと向きを変える。

「桃井……あれは、よくないよ」

咎《とが》められる理由は痛いほどに承知している。

「そう、ですよね……ごめんなさい」

「俺の部屋は課長の隣だから、誰が訪ねて来たのかわかってる。赤瀬川さん、だよね？」

廊下で央人と芹夏の話していた声は、常磐の耳にも届いていた。ただならぬ雰囲気を感じて外の様子を窺《うかが》っていたところ、コソコソと現れたのが日菜子だったそうだ。

「あの人は課長の別れた恋人で、婚約者だった人だろう？」

「そう、なのかな……」

央人は「古い知り合い」だと言い切っていたけれど、やはりそうとしか考えられない。

ざあっと風が流れ、常磐は呆《あき》れたようにため息を吐《つ》いた。

「桃井が課長のことを好きなのは知ってる。でも、やめたほうがいい。あの人には敵《かな》わないよ」

遠慮のない言葉がグサリと胸に突き刺さる。

「どういう経緯で二人が別れたのかはわからないけど、赤瀬川さんは課長に未練があるみたいだ。一度は結婚まで考えた女性がまた目の前に現れて、あれだけ思わせぶりな態度をとられたら、揺らがない男なんていないよ。だから、課長だって自分の部屋に招き入れたんだ。今頃あの二人がなにをしているかなんて、想像できるだろう？」

「……やめてくださいっ！」

下世話な想像なんてしたくない。

だけどあのとき漏れ聞こえた会話は、復活愛を匂わせるものだった。

「わかれよ。桃井は可愛いけど、赤瀬川さんとはタイプが違いすぎる。あの人の代わりに選んでもらうなんて、無理だよ」

「代わり……？」

二年前のあのとき――日菜子を抱いた翌朝、彼は芹夏の名前を呼んだ。

あの夜、央人はいなくなった恋人の代わりとして日菜子と一夜をともにしただけに過ぎない。

それがわかっていたから、後日名乗り出ることも、思い出してもらおうともしなかった。

日菜子にとっては、恋に落ちたきっかけで大切な思い出だ。

でも、央人にとってはそうでないとわかっているから……

――芹夏の存在が怖かったのは、彼女自身に魅力があるというだけでもない。

本当は、わかっていた――彼女こそが「本物」であると。

脳裏を過《よぎ》るのは、さっきドア越しに聞いた央人の言葉だ。

『……君が……好きだった……』

あれは紛《まぎ》れもなく、愛の告白だった。

あんなふうに、自分は言ってもらったことがない。

やっぱり央人が好きなのは、日菜子ではなく芹夏なのだ……

黙り込んだ日菜子に、常磐はまたため息を吐《つ》く。

静かに目を伏せた彼は深呼吸をして、意を決したように日菜子を見る。

「桃井、俺は君が好きだ。地方研修中、本社に来たときに桃井を見かけてから、ずっと可愛いと思ってた。だから、俺と付き合ってほしい」

真剣な常磐の眼差しと想いが、ひどく痛かった。

六　そしてヒナは空へと羽ばたく

出張二日目は、カフェを現地視察する予定になっていた。

天気は昨日とは打って変わってどんよりとした曇り空。それが日菜子をよりいっそう鬱々《うつうつ》とした気持ちにさせた。

「桃井さん、どうしたの？　夕べは眠れなかった？」

「ふえっ!?」

心配そうな央人に顔を覗き込まれて、日菜子は狼狽《うろた》えた。

「ああ、はい。ちょっと、枕が変わると寝付きが悪くて」

「ふうん。意外と繊細なのね」

央人の隣に立つ芹夏は、今日も朝から一分《いちぶ》の隙もない。

一方の日菜子は完全に寝不足だった。

眠れるはずもない。夕べは、いろいろなことがありすぎた。

央人と芹夏の密会現場を目撃し、ついでに自分が央人の恋人気取りだったことも発覚した。

挙げ句の果てには、常磐から——プロポーズされた。

『実は俺、前から海外勤務を志望していて、いずれは着任することになると思う。一度行けば、多分数年は戻ってこられない。その間、桃井に会えないのは耐えられないんだ。だから、俺と付き合ってほしい。そしてそのときが来たら、俺についてきてもらいたい』

誤魔化《ごまか》しようのない、完璧な告白だった。

恥《は》ずかしながら、日菜子はこのときまで彼が自分に好意を寄せているとは思ってもなかった。

だから、すぐに返事などできるはずもなかった。

そして戸惑っていたら、常磐はそれも承知の上だと言ったのだ。

『返事は急がなくていい。俺の転勤はまだ先のことだし、桃井にも時間が必要なのはわかってる。桃井の気持ちの整理がつくまで、俺は待つつもりだよ。この出張中、課長と赤瀬川さんのことを見て、よく考えて』

——自分のビジョンをはっきりと持っている常磐は、将来有望な男なのかもしれない。

しかし、日菜子が想いを寄せるのはやっぱり……

央人に対する「好き」の気持ちだけで、今日まで突っ走ってきた。

失敗しても何度もアタックして、いつかはどこかに辿《たど》り着けるんじゃないかと思っていた。

けれど、結局は二人の間にはなにもないのだ。

自分は、芹夏が現れれば一瞬で掻き消されてしまうような存在。いくら足掻《あが》いてもどうすることもできず、取り返しのつかない状況に陥《おちい》ってしまった。

こんなことになる前に、もっとほかに、シンプルな方法があったはずなのに。

央人と真正面から向き合って、真剣に恋をして振られるのを怖がっているうちに……

「本当に大丈夫？　体調が悪いんじゃないの？」

「うひゃあっ！」

突然、視界一杯に央人の綺麗《きれい》な顔が飛び込んできて、日菜子の思考は吹っ飛んだ。

「だ、だ、大丈夫です……」

――やっぱり私、この人が好き……

うだうだと悩むくらいなら、はっきりと聞いてしまえば済むことだ。

でもそれは、彼を想うささやかな時間も失うということを意味する。

そのための覚悟が、日菜子にはまだ足りない。

そばにいるだけで胸が高鳴って、彼の視界に入《はい》れただけで頬が熱くなる。会話ができたときには飛び上がるほど嬉しくて、そのあとでほんの少し切なくなる。彼を好きにならなければ、こんなに胸が苦しくなることも、ときめくことも知らなかった。

すべてを終わらせるのは簡単でも、それを受け入れる心の準備ができていない。

結局のところ、振られるのが怖いのだ。

本音では、当たって砕けて傷つきたくない。失恋の痛みを知っているから、もう一度あの苦しさを味わうのが怖い。

前以上に、もっと深く傷つくのかもしれない。

それが怖いから、肝心なところで臆病《おくびょう》になる。

——だから神様、もう少しだけ私に時間をください。傷つくための、準備をするから……

「ところで夕べ、あなたたちなにしてたの？」

思い出したように芹夏がポンと手を打ち、日菜子と、離れた場所に立っていた常盤を交互に見た。

「あなたと常磐くん、二人で外にいたでしょう？　廊下を歩いているときに見ちゃったのよね」

——ギクリ。

なんということだ。常盤と一緒にホテルに戻ってくるところを、芹夏に見られていたとは。

でも、あれを見ていたということは、芹夏はそれほど長く央人の部屋には……いや、それよりも。

「もしかして、あなたの例の所有印を付けたのは彼かしら？　若いって、やっぱりいいわねぇ。でも、次の日の仕事に影響するほど無理しちゃダメじゃないの」

——な、なんてことを言い出すんだ!?

「所有印……？」

常盤が小首を傾げている。

「ち、違います！　私と常盤さんはそんな関係ではありません！」

「そうですよ。昨日やっと告白したところなんですから」

「あら……」

——なんてことを！

日菜子に告白したことをいとも簡単に暴露《ばくろ》した常盤に、驚愕《きょうがく》した。

なんだか本当に、大変なことになってきた。

「お喋《しゃべ》りはそこまでにして、仕事に取りかかろうか」

だが、央人は冷静に場を鎮めると、芹夏の同僚とともにさっさとタクシーに乗り込んでしまった。

そんな中、事件は別の現場で起きた。

カフェに入った途端、芹夏の顔色がサッと変わったのだ。

芹夏が設計したカフェは、虫籠窓《むしこまど》が配された、時代劇に出てくる商店のような外観。屋根瓦《やねがわら》が黒々としていて、使われている木材も漆《うるし》が塗られたばかりで輝いていた。

『この辺りは国の重要文化財も多い観光地で、これからますます外国人観光客が増えるでしょう？　彼らはこういう日本文化を求めて来るのだから、ターゲットにしない手はないわ。さらに、お店の備品には、この地域の名産品や伝統工芸品を多く使用することで、地域の活性化も見込んでいるの』

自分のイメージ通りの店舗ができたことで、芹夏は満足そうだった。

しかし、店内に足を踏み入れると――

「ちょっと、これはどういうこと⁉　壁紙が、私の発注したものと違うじゃない！　担当したのは誰⁉」

芹夏の剣幕に、中で作業をしていた全員の手が止まった。しばらくすると、真っ青な顔をした若い男性が手を挙げながら一歩前に歩み出てくる。

「指示書を見せて、すぐに！」

響き渡る芹夏の声に、男性はもとより日菜子までもが肩をビクつかせた。

「型番の番号がズレてる……」

差し出された書類をぱらぱらと捲《めく》った芹夏が、はあ、と深くため息を吐《つ》いた。

「発注ミスだわ。これじゃ、空間がぼやけて全体的に締まりがない」

その場にいる全員が、にわかにざわつき始めた。

内装はすでに完成しているが、壁紙が違うということはそれらをすべて剥《は》がして貼り直さなければならない。

「今からやり直したら工期が遅れるし、施工《せこう》する人間の人件費や貼り直す壁紙の費用も考えたら調整がつかない。オープン日の変更も必要になってくる。これは明らかに損害事項ね。こんな初歩的なミスは、確認を怠《おこた》らなければ防げたはずじゃない！」

芹夏は次第に語気が荒くなる。

損害とまで言い出された相手は、もはや青色を通り越して白い顔になっていた。

「す、すいませんでした……っ！」

顔面蒼白《がんめんそうはく》の彼は、怒る芹夏の足元に勢いよく土下座した。

「土下座をしたからといって、問題が解決するとでも思っているの!?　あなたは私の仕事を台無しにしたの！　どう責任を取るつもり!?」

芹夏は自分の仕事に、絶対的なプライドを持っている。自分にも他人にも妥協を許さず、完璧な形で実現したいと考えているようだ。

この手のミスは、効率を追求する彼女にとって許しがたいものだろう。

しかし、今は感情的になりすぎている。

「あなたが会社を辞めて、その退職金で補ってくれるわけ!? それじゃ全然足りないでしょうけど!」

失態をおかした彼はまだ若く、おそらく日菜子や常磐とそう変わらない年齢に見える。彼はどうしていいのかわからない状態で、ひたすら下を向き黙っていた。

他人の仕事を台無しにするようなミスは、確かに許されるものではない。

けれど、大勢の前で、これほど激しく責め立てるのはやりすぎな気がする。

――なにもかも完璧にできてしまう芹夏には、きっとわからないのだ。できない者の苦しみが。

もし日菜子がこんなふうに叱責《しっせき》されたら、自信を根こそぎ失って立ち直れないだろう。

それは、芹夏がこだわっている「効率的」な行動でもないはずだ。

もっとも、人の気持ちよりも効率を優先する気持ちは、日菜子にはわからないけれど。

日菜子は意を決し、一歩前に歩み出た。

制止しようとする常磐に構わず、そのまま芹夏の前に躍《おど》り出る。

「もっと建設的な話をしましょう!」

「はあ?」

ものすごい形相で睨《にら》まれた。こういう反応が返ってくることは予想していたが、想像以上に迫力がある。

思わず怯《ひる》んでしまいそうになるが、ここで尻尾を巻いて退散したら意味がない。

――私の役目は、皆が円滑に仕事を進められるようサポートすること。

今、この場に必要なのは、ミスを責め続けることじゃなくて、どう解決していくかを話し合うことだ。

カフェのオープンまでの期限もあとわずか。より理想に近い形に仕上げるにはどうすべきか、皆で考えるのが先決だ。

「赤瀬川さんがこの仕事に誇りを持っていることは理解しているつもりです。だからこそ、その理想に近い形に仕上げるための話し合いを始めましょう。オープンまでに、もうあまり時間がないですよね？」

正直なところ、日菜子にとっては今の内装も十分素晴らしく思える。清潔感があって広々と開放的で、飲食店として好感が持てるものだ。

とはいえ、日菜子は門外漢《もんがいかん》なので勝手なことは言えないが――

「素人は口出ししないで！　なにもできない人間が偉そうにしゃしゃり出てくるんじゃないわよ！　これは、私の仕事なの。それとも、あなたになにかできるっていうの!?」

「……赤瀬川さんだけの仕事じゃ、ないと思います」

今回のプロジェクトには、彩美物産も携《たずさ》わっているし、内装を進めてくれたのはここにいる現場の人たちである。

トータルプロデュースを手がけ、指揮をとってきたのは芹夏かもしれないが、その言葉は聞き捨てならない。

「あなたみたいな役に立たない人間は黙ってて！」

「彼女が役に立たないなんて、誰が決めた？」

口を開いたのは、央人だった。

「彼女はこれから役に立つ。きっと、感謝するくらいにね」

日菜子にはわけがわからないが、央人は自信ありげに悠然と微笑んで見せる。

「感情的に同じことを言い続けるなんて、あなたらしくないな。そんなのは『非効率的』なんじゃないか？」

「なっ……！」

芹夏がムッとした顔をして言い返そうとしたが、央人は構わず話を続ける。

「要するに、この壁紙の色ではメリハリがないってことだろう？　それなら、付け足すのはどうだろう？」

室内の端まで歩いた彼は、芹夏のイメージとは違うという壁紙をトンと叩く。

「見事な仕事なのに申し訳ないんですが、壁に穴を空けることは可能ですか？」

壁際に立っていた職人に、おもむろに問いかけた。

「まあ、大穴じゃなければ」

「それはよかった。装飾品を吊るすフックを付けたいだけなので」

央人はくるりと向きを変え、日菜子の隣まで歩み寄る。

「桃井さん、昨日の工房で見たテキスタイルを覚えてる？」

「——あっ！」

おそらく央人は、昨日師匠と一緒に河原に干した藍《あい》色の反物《たんもの》のことを言っている。

あれは着物用ではなく、室内に展示して見せる物だと言っていた。

「あれを使えば、元々のコンセプトにも近い雰囲気を演出できる。俺が手配するから、常盤は小金井係長に連絡をして、発注書を作成してくれ」

その後も央人は手際よく次々と指示を出していく。

「ちょっと……央人までなにを」

最初は央人の指示を呆然とした面持ちで見つめていた芹夏だが、やがて我に返る。

「すべての指示は、私が……」

「あなたは優秀なデザイナーで、このプロジェクトの総監督です。でも、これは我々の仕事でもある。今回のプロジェクトが共同出資だということを忘れていませんか？」

縋《すが》り付くように手を伸ばした芹夏から、央人はサッと身をかわした。

「起きてしまったことにいつまでもこだわるなんて、あなたらしくありませんね。そんなのは合理的じゃない、と昔のあなたなら斬り捨てたのでは？」

ニヤリ、と口の端を上げた央人を見て、芹夏は一度、髪を掻き上げた。

「そうね、こんなのは効率的じゃない。央人……あなた、変わったわね」

少し困ったような顔で笑った芹夏からは、さっきまでの攻撃的なオーラが消えていた。

――これで……なんとか丸く収まりそう、なのかな?

そうとなれば、次にすることは決まっている。

「じゃあ、私が昨日の工房まで行ってきます!」

自分もなにか役に立ちたくて、日菜子は勢いよく名乗りを上げた。師匠とは、同じ釜の飯《めし》……ではなく、同じ釜で炊いた米を食べた仲である。自分が行くことで、なにかしらの力になれないかと期待した。

「いや。それは、俺が行く」

勢いよく駆け出そうとした日菜子だったが、出鼻を挫《くじ》かれた。

「急なお願いだから、きちんと説明をして納得してもらう必要がある。だから、俺が行く。桃井さんはここに残って作業を手伝って」

「だったら、俺が桃井と行ってきます。課長は現場に残って指示を出したほうが、効率よくないですか?」

常盤の意見に、聞いていた周囲も賛同した。だが、央人は首を横に振る。

「ここには赤瀬川さんもいるから、俺が残る必要はない。心配しなくても、彼女は優秀な指揮官だ」

先ほど芹夏が暴走したときには咎《とが》めはしたが、基本的に央人は彼女のことを信頼しているのだろう。

それは、芹夏の仕事ぶりを見ていて当然のことと思えたが、二人の間にはやはり強い絆があると知らされているようで辛かった。

——やっぱり二人は昨日の夜、復縁《よし》を……

落ち込む日菜子の思いなど知る由もない央人は、常磐の胸を軽く小突く。

「それに先方は気難しい相手だから、常磐にはまだ荷が重い。いい機会だから言っておくが、おまえにはまだ俺の代わりは務まらない。仕事でも、その他すべてにおいても。絶対に負ける気はない」

固まる常磐に笑いかけた央人は、日菜子のほうへと向き直る。

「彼女に所有印を付けたのを、他人のしわざと勘違いされるのも我慢できない」

告げられた言葉に、ぎょっとした。

——え、なに、どういうこと⁉

芹夏を想っているはずの央人が、なぜ日菜子に付けたキスマークにこだわるのか。

日菜子はまったく意味がわからず、混乱の渦《うず》に巻き込まれた。

「やっぱり、課長には敵《かな》わないな……」

央人を見送ってから、常磐と二人で段ボールから出した品物を作品棚に陳列《ちんれつ》していると、彼が大きくため息を吐《つ》いた。

「それはそうですよ。あの人はすごい人ですから」

解《げ》せないこともあるけれど、央人の鮮やかな采配《さいはい》には日菜子も感動した。自分が師匠のもとへと赴《おもむ》き、芹夏をここに残したことにも、意味があるのだと思う。その証拠に、あの後芹夏はミスをした社員の謝罪をきちんと聞き入れていた。今も、重くしてしまった現場の空気を変えようと奔走《ほんそう》しているように見える。

もしも央人がこの場にいたら、芹夏は変わらなかったかもしれない。彼は芹夏の体裁《ていさい》とプライドを守るために、わざわざ席を外したのだと思う。

――だって課長は、あの人のことを誰よりも理解している……

それを思うと胸も痛むけれど、誇らしくもあった。

自分を裏切った元婚約者であっても見捨てなかった央人は、本当に優しい人なのだ。

「……少しは否定しろよ」

「でも、常磐さんにわざわざああ言うってことは、存在を意識してるってことじゃないですか？　それ自体がすごいことですよ」

もしも遠く足元にも及ばない後輩だと思っていたら、きっとあんな発言はしなかったはずだ。

「わざわざ宣言してくるあたり、勝ちを確信してるって感じで……」

常磐はまた、うなだれる。

しばしの沈黙のあと、日菜子は作業する手を止めて常磐と向き合う。

「あの……常磐さん。こんなときになんですけど、昨日の――」

「あっ！　いけね、会社に連絡するの忘れてた！　ちょっと休憩にしようぜ」

常磐は、わざと大きな声を出してその場を離れる。

でも、このまま逃げられるわけにはいかない。

「常磐さん！」

出ていこうとする背中を追いかけると、彼はどこかに電話をかける様子もなく、人気《ひとけ》のない場所で佇《たたず》んでいた。

「あの、ごめんなさい！　私やっぱり、常磐さんとはお付き合いできません」

向かいに立ち、頭を下げる。

――昨晩からいろいろ考えたけれど、答えは最初から決まっていた。

央人が誰を好きであろうと、日菜子が彼を好きな気持ちは変わらない。それに自分はまだ、央人にきちんと告白だってしてしていない。

玉砕《ぎょくさい》するとわかっていて想いを告げるのは辛いが、自分の意思で区切りをつけたい。

振られたところで、すぐに諦《あきら》められるわけでもないだろうし……

「そんなに急いで返事しなくても、待つって言ったじゃないか」

「でも」

「それに。桃井だって、課長と付き合ってるわけじゃないんだろう？」

常磐にしては珍しく、意地の悪い言い方だった。

「俺は桃井が課長を忘れるまで、待つ覚悟はあるよ」

常磐は目の前の日菜子をじっと見据えたまま、目を逸らさない。真摯《しんし》な想いが、胸に痛い。

自分に好意を向けていない相手に告白するのは、とても勇気がいることだ。

傷ついて終わるだけなのが目に見えている。

それでも、伝えなければ伝わらない想いがある。

常磐はある種、覚悟を持って日菜子に想いを告げてくれた。自分以外の誰かを好きとわかっていても、自分に気持ちが向くまで待つと言ってくれた。

それほどまでに自分を想ってくれた人に、不誠実なことはできない。

「それでも――ごめんなさい」

どんなに返事を先延ばしにしたところで、答えは変わらない。

傷ついた自分を慰《なぐさ》めるために常磐を利用すれば、今度は彼を傷つけることになる。

「常磐さんの気持ちは嬉しいけれど、私は……常磐さんを、好きな人の代わりになんてできません。だから、ごめんなさい……」

「――わかった」

重苦しい空気が流れたあとで、ふう、と息を吐きながら常磐は天を仰いだ。

しばらくして……

「やっぱり、ダメだったかぁ」

視線をまた日菜子に向けた彼は、意外にも晴れ晴れした顔だった。

「どうせダメだろうとは思ってたけど、桃井の片想いにも見込みがなさそうだし、もしかしたらイケるかもって思ってたんだけどなぁ」

――そこまではっきり言わなくても。自分でも上手くいくとは思っていないけど、なんかムカつく。

「そんなふうに見えてました……？」

「だって、桃井は自分が課長とは不釣《ふつ》り合いだって思ってるだろう？　そんな気持ちで付き合ったって、いずれダメになるのは目に見えてるよ」

常磐の言葉に、日菜子の肩がぴくりと跳ねる。

彼が言ったことは、事実だったから。

実際のところ、彼のことを好きだと言いながら、恋人になれるなんてこれっぽっちも考えていない。

央人を想い続けながら、最初から諦《あきら》めていた。

黙り込んだ日菜子に、常磐は経験者からのアドバイスだと前置きして口を開く。

「いつまでも悩まずに、告白したほうがスッキリするよ」

そうして常磐は、先に戻ると言ってまた店の中へと入っていった。

一人になった日菜子は、なんとなく空を見上げる。どんよりとした雲の隙間から、いつの間にか青空が覗いていた。

自分のモヤモヤとした気持ちを晴らすのは、意外と簡単なのかもしれない。

「――もったいない。彼のこと、振っちゃったのね」

ふと気がつくと、いつの間にか隣には芹夏がいた。

「聞いてたんですか……？」

「わざとじゃないわよ。ここで会社に電話してたら、あなたたちが来たんだもの」

ほら、と芹夏は手にしていたスマホを振る。

「彼、いい子じゃない。愛するよりも、愛されるほうが楽なのよ？」

「……愛されたいなんて、思ってませんから」

芹夏の問いかけに、ぽつりと呟《つぶや》く。

見込みがないことは、最初からわかっていた。

出会いは単なる偶然で、本来ならば言葉を交わす間柄にもならなかっただろう。

どうせダメなんだからと思えば、手作りの弁当を受け取ってもらえなくても、大したショックを受けなかった。

自分よりも優れていて、憧《あこが》れの存在で、そんな人に片想いをしたところで叶うわけがない。

そう思うことで弱い自分を守って、恋愛気分を味わっていたところもある。だからこそ、積極的にアプローチできたのだ。

――それなのに、いつの間にかわずかな夢を見てしまった。

「ねえ。あなたは私と央人のこと、もう知っているんでしょう?」

長い髪を掻き上げながら問いかける芹夏に、日菜子は無言で首を縦に振る。

「央人には、ひどいことをしたと反省しているわ。あの頃の私は、恋愛も含め、損得勘定でしか物事を考えていなかった」

その結果、手元にはなにも残らなかったと彼女は笑う。

日菜子は少しだけ、微妙な気分になった。たしかに変わったのかもしれないが、芹夏は今でも合理性にこだわっている。

「なによ、その顔。確かに今でも無駄なことは嫌いだけど、それ以上にこだわっていたってこと。でも、これは仕事をする上では私の長所でもあるから、変えるつもりはないわ」

「そう、ですか……」

気持ちが顔に出てしまっていたようだ。日菜子は少しばつが悪くなり、首を竦《すく》めた。

「変わる、と言えば央人は変わったわね」

遠い空を眺めながら、芹夏は呟《つぶや》いた。その様子はまるで、過ぎ去った遠い日を懐かしんでいるようだった。

「私は昔の課長をよく知りませんが、課長はいつも優しくて、でもときどき意地悪で、そんな姿もかっこよくて、とにかくいつも素敵です」

「あの夜」泥酔《でいすい》していた姿も含め、央人はいつも肝心なときには優しくて、相手を包み込む包容力を持っている。

「きっと、あなたの影響もあるんでしょうね。そうそう、さっきは取り乱して悪かったわね」

芹夏はお茶目に笑いながらそう言った。

「……っ、赤瀬川さんでも、謝るんですね」

「当たり前じゃない。私だって、いろいろあって変わったのよ」

あまりにも素直なリアクションをする日菜子に、芹夏の顔も思わず緩む。

さっき芹夏は、央人は変わったと言ったけれど、彼女もきっと変わったのだと思う。

たしかに融通《ゆうずう》がきかないところはあるが、今の彼女は素直に謝ることができるし、いつまでもひとつの考えに固執《こしつ》してもいない。

かつては価値観の違いから上手くいかなくなった恋人たちが、お互いに成長した姿で再会したら——

それはもう、あるべき形に戻ってしまうということなのかもしれない。

「若いっていいわね……でも、いつまでも変わらないものなんかないのよ。あなたは、後悔しないようにね」

決して高圧的ではなかったけれど、芹夏のその言葉は、自分に央人を諦《あきら》めろと諭《さと》しているように響いた。

もしも二人が、また恋人として前に進もうとしているのだとしたら。いつまでも日菜子が片想いを続けることはできない。

この恋に決着をつけなければいけないときが——来たのかもしれない。

＊＊＊＊

その頃、央人は目的の工房へと到着していた。

ここに足を運んだのは一度や二度ではないが、主な目的は店主である副社長が手がける作品を取り扱うことだった。伝統工芸に流行を取り入れた彼の作品は若い女性にウケがよく、央人とは良好な関係を築いていた。

しかし、社長との関係は違う。

「お願いします。どうしても、あなたの作品が必要なんです」

店の奥にいて顔を見せてくれない相手に向かって、深々と頭を下げる。

「……今まで見向きもしなかったくせに、あまりにも都合がよくないか？」

「失礼は重々承知しています。ですが、今回の件で真っ先に頭に浮かんだのは社長の作品でした。プロジェクトの成功には、どうしてもあなたの力が必要なんです」

こんなふうに泥臭い営業をかけるのは久しぶりだった。

「だいたい、急に頼まれても困るんだよ」

央人を無視して、社長は裏口から出ていってしまう。残された副社長は苦笑いだ。

「すいません……父は頑固者で。昔ながらの職人気質というか、伝統とか格式にこだわる人なんで、新しい流行を取り入れた私の仕事にも無関心を決め込んでるんですよ」

「いえ。覚悟はしてましたから」

店の裏へと回り、先日社長が日菜子と一緒に作業をしていた場所へと向かう。

央人が近づいてきたことに気がついても、社長は目をくれることもない。

央人はおもむろに上着を脱いでシャツの袖を捲《まく》る。

「お邪魔でなければ、手伝わせてもらってもいいでしょうか？」

「媚《こ》びを売っても無駄なことだ」

「そんなつもりはありません。この素晴らしい作品が、どういうふうにできあがるのか体験したいんです。それに私の部下が、あなたの手伝いが楽しかったと言っていたので」

社長からの返事はない。それでも央人は布の詰まったバケツに手を突っ込んで、それを引き出す。

水分を含んだ布は見た目以上に重い。日頃から仕事が終わったあとにジムに通って身体を鍛《きた》えている央人でも、かなりの重労働だ。

何度か往復しているうちに、額《ひたい》にはじわりと汗が浮かんでくる。

——あの小柄な子が、よくもこんな作業をしたもんだ。

央人が見つけたとき、日菜子はくたびれた様子もなく呑気《のんき》におにぎりを頬張っていた。

あのときの間の抜けた表情を思い出して、央人は小さく噴き出した。

まさか、出張先にまで弁当を持参するとは思っていなかった。自《みず》ら職人の手伝いを買って出るのも、央人には到底思いつかない行動で、子供っぽいが真剣なところが微笑ましい。

——今回の出張に、彼女がいてくれてよかった。

仕事相手が元婚約者と同業であることは知っていたが、彼女が現れるとは思ってもみなかった。

駅で彼女と再会したときには、少なからず動揺したものだ。

だけど、知らないうちに気を張っていた自分を癒《いや》してくれた存在がある。その人は、少なからず過去の苦い思い出に囚《とら》われていた自分の背中を、押してくれた。

「兄ちゃん、力を入れすぎだ。ただ干せばいいってもんじゃない」

「はい、すいません」

芹夏と再会したときの衝撃を思い出していたら、つい手に力がこもっていた。慌てて手を離して、皺《しわ》を丁寧に伸ばす。

こんなふうに、凝《こ》り固まっていた自分を解《と》きほぐしてくれたのは「彼女」だった――

――彼女を出張に同行させるよう勧めたのは圭吾だ。今回の出張のスケジュールを組んで調整したのもあの男で、彼はこうなると予想していたのだろう。

今ならば、はっきりとわかる。

「あの夜」から央人は、日菜子に導《みちび》かれ、しっかりと前に進んでいる。

エリート志向の人間ばかりに囲まれていた人生で、初めて出会った価値観の違う女性。

彼女の一生懸命なところや、誰かのために必死になれるところは、央人には欠けていたものだった。

彼女といると不思議と落ち着く。それはきっと、彼女が央人に足りないものを補ってくれているからなのだろう。

いつの間にか自分は、彼女の影響を受け、彼女の色に染まりつつある。今こうして、率先して力仕事に挑戦しようと考えたのも、そういうことなのかもしれない。

ついでに、ここに来る前、常磐に挑発的なことを言ったのも自分らしくない行動に思える。

かなり年の離れた部下に対し、あんなふうに敵意を剥《む》き出しにするのもらしくない。常磐の仕事ぶりは買っているが、大人げなかったと思う。

もしも圭吾が一緒にいたら、腹を抱えて大笑いしたに違いない。

「あんた、都会の大企業のお偉いさんなんだろう？　慣れないことをして身体でも痛めたらどうするよ」

「そこまでやわじゃありません。慣れていないのは確かですけど……でも、初めての経験は楽しいです。もっと早くに、こうしてみればよかった」

無心で身体を動かしていたら、妙にすっきりとした気持ちになる。

ひとしきり作業を終える頃には、当初の目的も忘れかけていた。

自分たちの仕事がどうやって成り立っているのか、頭ではわかっているつもりだった。でも、他人の大切なものを扱っているという自覚が足りなかったことに気づかされる。

『師匠たちがどれだけの時間と手間と愛情をかけているのか、実際にやってみてわかったんです。大事な商品をお預かりしている自分たちの責任も、わかったと思います』

事も無げに言ってのけた彼女は、やはり自分にはないものを持っている。

晴れ晴れとした気持ちで藍《あい》色の布がはためくのを眺めていた央人の足元に、ドサリと大きな荷物が置かれる。

「社長?」

「……もう一箱ある。持てるか?」

作業を終えた社長は、奥の倉庫から自分の作品の入った段ボールを運び出してきた。

「よろしいんですか?」

「わざわざ手伝ってもらって、なにも返さないのは道義に反する。それに、あんたのためじゃなくてあの娘《こ》のためだ。弁当の、礼だよ」

プイッとそっぽを向いた社長の仏頂面《ぶっちょうづら》が、心なしか綻《ほころ》んでいた。

「あんたがここに来るようになって二年か……俺の作品になんて興味ないと思っていた」

社長は少し厭味《いやみ》っぽく笑う。

「よく知りもしない相手に、自分の作品を扱われるのは嫌なんだ。人間同士の付き合いってもんがあるんだよ」

今まで打ち解けられなかったのは、央人が彼を理解しようとしていなかったことに原因があったのだと、今ようやくわかった。

今まで央人は、ほしがらなくともなんでも与えられてきたから、自分から行動して縁を繋ごうなどと考えたこともなかった。

通りすぎるだけの人間ならたくさんいた。二度と会うこともなく、思い出すこともない相手もいる。星の数ほどいる人間の中で、出会って縁を結ぶことができるのはほんの一握りだけだ。

だからこそ――「彼女」と出会えたことを偶然では終わらせられない。

「可愛い部下なんだろう？　大事に育ててやりな。人間も作品も、愛情をかけて育てたほうがいい」

彼を「師匠」と呼ぶ彼女の気持ちが、理解できたような気がした。

――本当に、君に会えてよかった。

青空にたなびく見事な藍《あい》を見ていたら、無性に彼女に会いたくなった。

＊＊＊＊

央人が持ち帰った師匠の作品によって、件《くだん》のトラブルは無事に解決できた。

央人の見立ての通り、伝統工芸の技術で染め上げられた藍《あい》色のテキスタイルはカフェのコンセプトと合致している。これには、芹夏も絶賛だった。

そして、師匠が快《こころよ》く作品を譲ってくれたのは前日の日菜子の手柄だという央人の言葉で、日菜子は芹夏からものすごく感謝された。前日までライバル視していた相手に謝られたりお礼を言われたりと、なんだかとっても照れくさかった。

これで一件落着……とはいかず、央人たちはもう一日出張を延長することになった。

「桃井さん、これお土産《みやげ》。荷物になって悪いけど、部署の分だから先に持って帰って」

央人から預かったのは、ご当地名物のお饅頭《まんじゅう》。箱は大きいが軽いので、日菜子が持っても荷物にはならない。

これからまた打ち合わせに向かう央人たちに見送られ、日菜子は電車のホームに立っていた。

ベルが鳴り響き、電車が滑り込んでくる。

目の前でドアが開いた。

「じゃあ、気をつけてね。俺たちも明日には帰るから」

日菜子は車内へと足を踏み入れる。それから向きを変えて、真剣な面持ちで央人を見つめた。

出張から帰ってきたときには、芹夏との話がすっかりまとまり、交際宣言されるのかもしれない。そうなってしまったら、告白するのは憚《はばか》られる。

でも、この二年間の想いを、どうしてもきちんと伝えたかった。

――言うなら、今しかない。

「課長に言いたいことがあります……私は、課長のことが好きです！」

精一杯の勇気を振り絞り、日菜子は想いの丈を叫んだ。

緊張で手も脚も震えている。だけどもう、後戻りはできない。

これできっと、この恋とはさよならしなければならないだろう。

「あの、桃井さん。それって今言うこと……？」

「今さらなのはわかってます。でも私、ずっと怖くて言えなかったんです」

央人の制止を振り切り、日菜子は言葉を紡ぐ。

「私は課長と釣《つ》り合う人間なんかじゃないし、告白したら全部終わるのがわかっていたから、今のままで十分幸せだと思っていたんです。でも、それは、本当の幸せなんかじゃなくて……」

彼に選んでもらえなくとも、そばにいられるだけでよかった。

自分が誰かの特別になれないことはわかっている。だからずっと、「幸せな勘違い」をしていたいと思った。

結末は決まっているから、わざわざ結論を出す必要はない。

明確な答えを出さず夢を見続けていれば、自分が作り上げた物語の中でだけは「恋するヒロイン」でいられる。

傷ついた自分から目を逸《そ》らすために、彼を好きな自分に酔っていた。

けれど、それももう終わりにする。

「あなたに相応《ふさわ》しい女になって、あなたを振り向かせたかった……！」

プシューという間の抜けた音を立てて、ドアが閉まる。

ゆっくりと電車が動き始め、ホームに立つ央人の姿はあっという間に小さくなっていく。

——ようやく、言えた。

不思議な満足感から、日菜子の目からは涙が零《こぼ》れた。

報われないとわかっていても、彼のために自分を磨いた。央人のことを想うほど、仕事も頑張れた。好きな人に振り向いてもらうために綺麗《きれい》になろうと努力だってした。

伝えたいことは伝えた。どうせ叶わないからと諦《あきら》めてしまう前に、自分の力でこの片想いに終止符を打つことができたのだ。

そんな自分を日菜子は少しだけ誇らしく思う。

電車の中で、日菜子はずっと泣いていた。

周囲の客に白い目で見続けられても、人目を気にすることなく、泣いていた。

六　天下無敵のアイラブユー

ホームに取り残された央人は、去って行った電車を見送りながら、唖然としていた。

「彼女……イタイわね」

一部始終を見ていた芹夏が額《ひたい》を押さえる。

かつての婚約者を横目に、央人は握り締めた拳をぷるぷると震わせ——

「——ぶはっ！」

突然その場にしゃがみ込むと、腹を抱えて笑い始めた。

——ったく、あの馬鹿娘は！

勝手に思い悩んで、とんでもない結論に辿《たど》り着いたらしい。

本人にしてみれば一世一代の告白だったのかもしれないが、彼女の気持ちはとっくの昔に気づいている。芹夏とのことに気づき、思うところがあったのだろうが、とんちんかんにも程がある。

あれだけ、余計なことは考えなくていいと言ったのに……

——本当に、俺のことをなんだと思っているんだろう。元婚約者が現れたら、すぐさま乗り換えるような浮気者と思われているのだろうか。

くつくつと肩を揺らしながら、央人は昨晩のことを思い出す。

芹夏から復縁を迫られたのは事実だが、きっぱりと断った。

『二年前に、君がいなくなるまでは、好きだった』

打算的な婚約ではあったが、結婚したいと思うくらいには好きだった。

しかし、日菜子と出会ってそれが本当の好きではなかったのだとわかった。

日菜子は自分と、ものの見方も性格もまるで違う。追い立てることも足を引っ張ることもせず、相手と同じ歩幅や同じ目線でいようと努力する。

――そんな彼女だったから、自分は惹かれたんだ。

切磋琢磨《せっさたくま》して互いの身を削り合う関係よりも、寄り添ってくれる人とともにいたい。

追い縋《すが》る芹夏にそう伝えたら、彼女はその考えを一蹴した。

『そんな人と一緒にいるのは、非効率だわ』と言って。

けれども、そう言った彼女の顔は笑っていた。

そのあと『央人はもう、あの頃の央人じゃないのね……』と寂しそうに呟《つぶや》いたのだ。

芹夏も、今の自分と央人の価値観がまったく違うのだとわかっているようだった。

「課長が悪いんですよ。思わせぶりな態度ばっかりで桃井にちゃんと伝えないから。だから俺にもチャンスがあると思ったのに……」

央人と芹夏のうしろで、ふくれっ面《つら》の常磐がブツブツと文句を言っている。

日菜子になにも告げていないのは、確かに央人が悪い。

――だが、「なにも」言わなかったのは彼女も同じ。

央人には、どうして日菜子が二年前のことをひた隠しにしているのか、わからずにいた。

最初は、それとなく促《うなが》せば言うかと待っていたが、あまりにも頑《かたく》なので央人もだんだん意地になってきた。

――だって俺は、二年も待たされた。

ただのわがままと変なプライドだ。それでも、日菜子が隠している理由がわかるまでは自分から決定的なことは言わないと勝手に決めた。

別に急ぐこともないし、ゆっくり時間をかけて想いを示していけば、彼女のほうから切り出してくれるかと思っていたのである。

芹夏と再会したのは、完全に想定外だった。

「課長は、自分のものに手を出されるのは嫌なんですよね？　だったらちゃんと繋ぎ止めておかないと、横から掻っ攫《さら》われても文句は言えませんよ？」

「諦《あきら》めないのか？」

「それは課長次第です」

常磐は口を尖らせながらも挑発的な態度を取る。

今はまだ力量の差があるけれど、将来は手強《てごわ》いライバルになるかもしれない。

「だったら尚更、今のうちに対処しておかないといけないな」

日菜子もなにか勘違いしているようだし、央人は即座に作戦を変更した。

「央人って、可愛いものが大好きなのね」

企《たくら》み顔の央人の隣で、芹夏が呆《あき》れたようにため息を吐《つ》く。

「知らなかったか？」

「そうね……知ってたら、付き合わなかったわ。非効率的だし」

私も早く、いい人見つけよ、と付け足し、芹夏は少しだけ寂しそうに笑った。

＊＊＊＊

出張翌日の休みを、日菜子は自宅に閉じこもって過ごしていた。

夜通し泣き続けて、瞼《まぶた》は赤く腫《は》れ上がっている。とても人前に出られるような状態にはない。

——次に央人と顔を合わせるときには、すっぱり振られることになるだろう。

終わりを覚悟していても、心にぽっかりと空いた穴は埋まりそうにない。

ベッドに寝転がって、腫《は》れた瞼《まぶた》の上に冷たいタオルを置いていたら、耳元でスマホが着信を告げる。

重い瞼《まぶた》を上げると、画面に表示されていたのは常磐の名前だった。

いつの間にか夜になっている。出張を終えた央人たちも、戻ってきたのだろう。

「……もしもし」

『もしもし、桃井!?』

耳に飛び込んできた常磐の声は、なぜか焦っていた。

『大至急、駅まで来てくれ！』

事情は不明だが、切羽《せっぱ》詰まった様子から、なにか起きたのは確かなようだ。

その辺にあったシャツワンピースに着替え、化粧もせずにアパートを飛び出す。

わけもわからないまま、彼が待っているという日菜子の家の最寄り駅へと急いだ。

「え、なんで!?　どういうこと!?」

そこで待っていたのは、常磐と――泥酔《でいすい》した央人だった。

「休みの日に悪いな……っていうか、すごい格好」

髪はボサボサでノーメイク。厚めの一重まぶたになった日菜子に、常磐は若干引いている。

「それはいいとして、課長、どうしちゃったんですか!?」

常磐は無視して、その隣で丸まっている人物に目を向ける。

地面に座り込んで頭を伏せているが、好きな人の頭頂部なので央人だとわかる。

「出張の成功を祝って飲んでたんだけど、飲みすぎたらしくって」

酔い潰《つぶ》れた央人を、常磐はなんとかここまで送ってきたのだそうだ。

「さっきまでは起きてたんだけど、自宅を聞いても桃井の名前しか言わなくてさ。それじゃあ、あとはよろしく」

眠りこける上司に顔をしかめた常磐は、持っていた央人のカバンを日菜子に押しつけた。

「え、課長は!?」

「知らない。桃井の好きにしたら？」

「ちょっとぉ！」

助けを求める声にも振り返ることなく、常磐はダッシュで去っていった。

いつかは央人と会って話さなければならないと思っていたけれど、まだ心の準備ができていない。

もっとも、この状態では話ができないだろうけれど。

こんな大きな男性を、一人でどうやって運べばいいと言うのだ。

「課長ー？　起きてくださーい」

困ったことに、声をかけても起きる気配はまったくない。目の前にタクシーが停まっているが、運転手はちっとも目を合わせてくれなかった。

酔っ払いを抱えて夜道を歩くのは二度とご免だったのに、結局はそうせざるを得ないようだ。

しかも今度は出張の荷物付き――いったいなんの罰ゲームだ。

「う……っ、重い」

右に左にとよたよた揺れながら、彼のマンションまで歩いて向かう。日菜子の肩に担《かつ》がれた央人はべったりと覆《おお》い被さっているが、足だけは動かしてくれた。

次に会うときは告白の返事をもらうはずが、酔っ払いの介抱《かいほう》をすることになるなんて……

央人への想いに決着をつけるときに、きっかけとなった出来事と同じ状況を繰り返すなんて、不思議な縁だ。

「あの日の課長は、かっこ悪かったな」

耳元で規則正しく寝息を立てる央人にくすりと笑い、迷うことなく足を進める。

央人のいろいろな顔を見てきたけれど、いつも完璧でスマートな彼のこういう姿は特にキュンとする。自分しか知らない彼のような気がして嬉しいのだ。

二度目の訪問となる彼のマンション。

央人のスーツの内ポケットをまさぐり、エントランスをくぐり抜けてエレベーターに乗り込む。

二年経っても、彼の部屋番号は忘れていない。

「お邪魔します……」

ガチャガチャと玄関の扉を開けると、締め切った部屋から彼の匂いがふわりと漂う。

「課長、靴を脱いでください」

「ん……」

立ったままごそごそと靴を脱ぎ、暗い廊下を進む。

脱衣所の扉の前に出張バッグを落とし、リビングの明かりを点け、閉まっていた隣のドアを開けて寝室のベッドに彼を寝転ばせた。

「疲れた……」

ほとんど眠っていない状態での重労働は、さすがにこたえる。

ベッドに大の字に寝転がった央人は気持ちよさそうに眠っている。きっと明日の朝目覚めたら、自分がどうやって自宅まで帰ったのかわからずに困惑することだろう。

――それくらいのドッキリは、許されるかな。

「課長、私、帰りますね」

拝借した鍵をヘッドボードへと置き、部屋から立ち去ろうとしたとき――

「え……!?」

視界がぐらりと反転して、背中に柔らかな衝撃を受けた。

ふいに伸びてきた大きな手が、日菜子の腕をしっかりと掴《つか》んで放さない。

「ひどいな。また勝手に帰るの？」

驚いて目を丸くする日菜子の上に、眠っていたはずの央人が覆《おお》い被さっている。

「な、なんで……どうして……!?」

暗闇の中でも至近距離だからよくわかる。強い眼差しから、目を離せない。

あの日と違うのは、彼の瞳にはしっかりと光が宿っているということ。今日の彼は、絶対に泥酔《でいすい》していない。

「聞きたいのはこっちだよ。どうして君は、俺の家を知ってるの？」

央人の胸に手を当てて押し返そうとした。だが、その手をベッドの上に縫い付けられてしまう。

ここでこうされるのも、二度目。あの日と同じだ。

「だ、だって私……課長の、ストーカーですから！」

咄嗟《とっさ》に思いついた言い訳に、正直自分でもドン引きした。

「ストーカーか。それにしても、よく鍵の在処《ありか》がわかったね？」

「そ、そりゃあ……男の人って、だいたい内ポケットに入れるものじゃないですか」

「……俺しか知らないくせによく言う」

――うっ、なぜそれを!?

ちなみに日菜子の父親は、通勤用カバンの外ポケットに入れている。

そんなことより、ホテルで央人と寝たときの自分は非処女だったはず。

――どうして、「俺しか知らない」なんて、本当のことを知っているの!?

「じゃあ、部屋の間取りが手に取るようにわかっていた理由は？　暗い中を迷いなくスムーズに動いていたね」

マンションに入ってから寝室までの一連の行動も、寝たふりをしながら観察していたらしい。

「お、女の、勘……？」

いよいよ言い訳が苦しくなってきた。

だけど、素直に認めるわけにはいかない。

この状況で「私があのとき助けた者です」などと名乗り出たら、話がややこしくなる。

「どうしてそこまで隠したがるかな……」

呆《あき》れたため息を吐《つ》きながら、央人は日菜子の細い手首に指を這《は》わせた。

ぞわぞわとした痺《しび》れが広がっていく。

央人はそのまま自分の指を日菜子の指に絡ませてしっかりと握った。

「二年前にもこんなふうに、酔い潰《つぶ》れた俺を家まで送り届けてくれた女性がいたんだよ」

央人の言葉に、日菜子はビクリと身体を強張らせる。日菜子をわざと覗き込むようにしながら、彼の瞳が意地悪く輝いた。

「あれは君だね……『人事部の桃井さん』？」

日菜子は大きく目を見開いた。

二年前のあの日、日菜子は央人に一度だけ名乗っていた。

雨に打たれていた彼に、お気に入りの傘を差し出しながら――

「覚えて、たんですね……」

途端に、かあっと身体が熱くなった。

央人はわかっていたのだ。いつから？　どこまで？

混乱のあまり、彼の下から抜け出そうと必死にもがくが……

――くっ！　抜けない！　びくともしない！

いくら力自慢の日菜子でも、大人の男が覆《おお》い被さっている状態ではどうすることもできない。

「全部を覚えているわけじゃないよ。正確には、思い出したんだ」

「……いつ？」

「質問しているのは俺だから。二年前、俺を拾ってここへ送り届けたのは、君だね？」

――ああ、もう、逃げられない。

真っ直ぐに射貫《いぬ》かれて、日菜子は観念せざるを得ないことを悟った。

「はい……」

「やっと認めたか。部屋まで送った後で、君は俺に『初めて』をくれたよね？」

「うう……、はい、その通りです……」

――めちゃくちゃ恥《は》ずかしい……

「よろしい。では最後の質問。どうして、逃げたの？」

「それは、悪いと思ったから、で……」

「嘘だね」

日菜子の答えを央人は一刀両断した。

「嘘じゃありません！　どうして課長が嘘だなんてわかるんですか⁉」

「だって君は、俺のことが好きじゃないか。君が寝込みを襲ったならまだしも、先に手を出したのは俺のほうだ」

そんなことまで、思い出していたとは。

酔って自分を求めたのは央人で、日菜子は自分の意思でそれに応じた。

でも、今それを聞いてどうなるというのだ。

央人は芹夏と再会し、やっぱりお互いがなくてはならない存在だと確かめ合い、日菜子の告白にはお断りの返事を――

考えているうちに、どんどん暗い気持ちになってきた。

央人はいったい、今それを聞いてどうしようと言うのだ。もう過ぎたこと。彼の未来に自分はいないのに。

「ちゃんと答えて。どうして今まで黙っていた？」

強い口調ではないが、有無《うむ》を言わさぬ迫力がある。

央人の追及から逃れようとするほどに、自分で自分を貶《おとし》めていく。自分がどんどん嘘つきになって、これでは嫌ってくださいと言っているようなものだ。

虚勢《きょせい》を張って果敢《かかん》にアプローチしてきたけれど、本当の日菜子はうしろ向きで自分に自信のない臆病者《おくびょうもの》である。

憎《にく》んでも、嫌われてもいいから私を覚えていて……なんて大それたことは言えない。いつだって、彼に嫌われて拒絶されるのは怖い。これ以上、墓穴《ぼけつ》を掘って嫌われたくはない。

しかし央人は追及の手を緩めるつもりがないらしく、じっと日菜子を見下ろしていた。

「だって課長が……あの人の名前を呼んだから……！」

もう、観念するしかなかった。こうなったら、洗いざらい喋《しゃべ》ってやる。

日菜子はついに、自棄《やけ》になった。

「寝言で、セリって……だから、目覚めたときに隣に私がいたら、冷たくされるって……それが怖くて……」

夢の中の央人は、愛しい婚約者を抱いて幸せな時間を過ごしていたに違いない。

それなのに、いざ目を覚まして隣にいるのが自分だったら——がっかりされたはずだ。

「そんな無意識なときのことを持ち出されても」

「む、無意識に発した言葉ほど、本心なんじゃないんですか……っ！」

運命の出会いなんて大袈裟《おおげさ》なものではない。自分は、「たまたま」彼に選ばれただけ。

記憶をなくすくらいに泥酔《でいすい》していたから。

他に声をかける人間がいなかったから。

そうでなければ、自分と央人が交わることはなかった。

「なんにも覚えてなかった！　そばにいてくれって言ったのは課長だったのに……正気だったら、絶対私を求めたりしなかったくせに！」

あのときの日菜子には、なにもなかった。自信を失ったまま田舎《いなか》から出てきたけれど、変わったのは環境だけで一向に前向きにもなれない。周りは皆、自分にないものを持っていて輝いて見えた。その最たる人物が央人だった。

そんな彼と、一夜だけの甘い夢を見た。

あの夜、なにもない自分が彼に選んでもらえたことが嬉しかった。央人はひどく酔っていて、普通の状態ではなかったこともわかっている。それでも、一緒に過ごせて幸せだった。

最初は、一夜限りのことと終わらせるつもりだった。けれど後日、央人がなにも覚えていないことを知り、まだ好きでいても許されるのではと考えてしまい……

叶うはずのない想いだと知りながら、どんどん好きになっていった。

大胆なアプローチだってできたのは、上手くいくはずもない相手だと端《はな》から思っていたから。

失敗しても傷つかない、見返りも求めない。

遠くから見ているだけで、目が合うだけで、会話ができるだけで十分幸せ。

恋人になんかならなくても、恋をしているだけで無敵だった。

だけど――本当は、それだけじゃ嫌だ。

「わかってたんです……私なんか、どうせ気にも留めてもらえないって……だけど……」

本当は、彼の「特別」になりたかった。

期待をして、また傷つくのが怖いから、ずっと自分に言い聞かせていただけで、叶わない片想いでもいいなんて思うはずがない。

好きな人ときちんと向き合って、愛し愛されたかった――

「どうせ課長は、私のことなんか好きじゃな……」

「好きだよ」

「ほら！　だから……って、え、え？」

想定外の言葉に、二度見ならぬ二度聞きをした。

涙目でぱちぱちと瞬《まばた》きを繰り返す日菜子に、央人は優しく微笑みかけている。

「俺は君のことが好きだよ。ちゃんと伝えていなかった俺が悪かった。ごめんね」

決して言われることはないと思っていた言葉を告げて、央人は日菜子にキスをした。

＊＊＊＊

ようやく、謎が解けた。

央人は呆然とする日菜子を見下ろし、とびきり優しく問いかける。

「そんなに信じられないかな？」

まさか日菜子が名乗り出なかった理由が、自分の寝言だとは思いもしなかった。

しかし彼女は今でも、混乱しまくり動揺しているので、おそらく本当なのだろう。

「だって、そんな、あっさりと……え、でも、ウソ、なんで？」

「俺は君に意地悪はするけど、嘘を吐《つ》いたことはないよ。そもそも、なんで君はそんなに自分に自信がないんだろうね」

こんなにもストレートに伝えているのにと、央人は苦笑する。

それにしても、よりによって寝言で芹夏の名前を呟《つぶや》いていたなんて。

当然だが、当時の自分には芹夏以外の女性との付き合いはなかった。寝ぼけて誰かの名前を呼ぶときに、彼女の名前を呼んでも不自然はない。

でも、芹夏に別れを告げた時点で、未練など微塵《みじん》もなかった。虚《むな》しさで自棄《やけ》になったが、彼女の幻影を追い求めたりはしていない。

その証拠に、あの朝一人で目を覚まして、真っ先に思い浮かべたのは芹夏ではなかった。

だから央人には、あの夜自分が求めた女性は芹夏ではないという自信があった。

「もしも芹夏の名前を呼んでいたなら、それは別れを告げていたんだと思う。あのときにはもう、俺は君に夢中だったんだから」

だからきっと、夢で会った芹夏に告げたのだ――『さよなら、セリ』と。

「う、えええええ!?」

それでもまだ信じられないのか、日菜子は素《す》っ頓狂《とんきょう》な声を上げて、掴《つか》まれた手を振りほどこうと足掻《あが》いている。

とはいえ、もう逃げられる心配もなくなっただろうと手を離す。すると彼女は、自分の頬を思いきり抓《つね》っていた。

「なんでそんなに驚くの。俺はあのとき、そんなにひどい抱き方をした?」

彼女の行動が可笑《おか》しくて、噴き出しそうになるのを堪《こら》えてわざと耳元でささやく。

すると、真っ赤になった日菜子がブンブンと首を横に振る。

その様子に、央人は安堵《あんど》の笑みを浮かべた。

——本当はあの夜のことを詳細に覚えているわけではない。それでも、彼女を手放したくないという一心で、大切に扱ったことはわかる。

日菜子の初体験をうろ覚えだというのは、彼女に対して申し訳ないし、自分としても悔しい。

自分で自分の嫉妬《しっと》深さに驚くが、二年前の自分が羨《うらや》ましくて仕方ない。初めてのときの日菜子は、どんな反応をしたのだろう。どんな声で啼《な》き、どんなふうに感じて、どんなふうに央人を求めたのか知りたい。

「あの夜、『ずっとそばにいる』って言ったくせに、いなくなったのは君じゃないか。最近まで思い出せなかったのは事実だけど、俺は君を探していたよ」

これという手がかりもなかったので、ただ現れるのを待つしかないのがもどかしかった。

それでも日菜子が「彼女」ではないかと思ってからは、ずっと目で追っていた。

もしかしたら、その前から――

日菜子が、営業事業部の新人として異動してきたときから。自分の心の片隅に、彼女は住みついていたのではないだろうか。

名乗り出てはくれなかったが、日菜子は日菜子の思う方法で央人のそばにいようと努力してくれた。

人事部から営業事業部に異動するのは、相当な努力が必要だっただろう。

毎日のように弁当を作っていたことも、異動したばかりの慣れない環境では大変だったかもしれない。

ガラスの靴も落とさずに逃げ出したシンデレラは、ただ王子が探しに来るのをじっと待っていたわけではなかった。

慎《つつ》ましいシンデレラは、自分の力で王子の前にまた現れようと努力していたのだ。

日菜子を「彼女」だと確信したとき、央人は素直に嬉しかった。

「でも私、なんの取り柄もないですよ？　美人でもないし、巨乳でもないし、役にも立たないし」

「……本当に君は、俺をなんだと思ってる？」

――巨乳フェチだと思われているのは、心外だ。

「本当に、私なんかがそばにいても、毒にも薬にもならないのに……」

そしてまた、悲しそうに目を伏せてしまう。

ずっと感じていたことだが、日菜子は自分にとても自信がない。とくに恋愛面においては顕著《けんちょ》で、どうしたものかと思っている。

自分は日菜子に、何度も心救われて、癒《いや》されているのに。

もしかしたら過去に、苦い経験をしたのかもしれない。もしそんな思い出があるなら、すべて塗り替えて、自分に自信を持てるように、愛して甘やかして満たしてやりたい。

「俺にとってヒナは、即効性の特効薬だったよ」

恋愛経験が少ないことを逆に喜ばしいと思ってしまうのは、エゴなのかもしれない。しかし、たった一度会っただけで心に住み着いた相手が自分だけのものだと思うと、独占欲が満たされる。

もしも自分に価値がないと思っているのなら、これから教えてあげればいい。

日菜子は前に、苦しんだ分だけ幸せが待っていると言っていた。自分が日菜子を苦しませた分、今度は幸せを与えてやりたい。

――どん底にいた自分を救ってくれたのは、彼女なのだから。

「ヒナは役に立たない人間なんかじゃない。あのときの俺は、確かに君に救われた。君が俺の気持ちを考えて、行動して、寄り添ってくれたお陰だ。そんなヒナだから、俺は好きになったんだ」

あの日、あの場所に現れたのが彼女でよかった。

運命というものがあるのなら、間違いなく神に感謝すると、柄にもなく央人は思う。

「……ヒナとかセリとか、相手の名前を縮めて呼ぶのは、課長の癖ですか？」

照れて憎《にく》まれ口を叩くところすら、愛おしいと思う。

──どうやら本当に、自分は可愛いものが好きだったらしい。

「雛鳥《ひなどり》みたいだから、ピッタリじゃないか」

「ヒヨコ扱いですか？」

「ヒヨコだろう？　ヒナは俺しか知らない、俺だけのものだからね」

ヒヨコみたいに無垢《むく》な彼女に、いろいろ教え込みたい。そういうのも楽しそうだなと、央人はほくそ笑んだ。

彼女の腫《は》れぼったい瞼《まぶた》や頬に唇を落としながら、シャツワンピースのボタンを外していく。白く細い鎖骨《さこつ》に唇を寄せ、薄くなっていたキスマークを上書きする。

「これって、本当に独占欲の証《あかし》……なんですか？」

胸元に咲いた赤い花びらをまじまじと見た日菜子が首を傾げる。

そんな話をどこで聞いたのかと思えば、出張先で芹夏が言っていたのだそうだ。なるほど、出張二日目の朝の会話は、そういうことだったのか。

「単純に、課長のクセなのかと思ってました」

央人にそんな嗜好《しこう》はなかったのだが、日菜子の白い肌を見ていると衝動的につけたくなる。

「まあ、そんなところかな？　ヒナといるとき限定だけど」

この印をつけるのも見るのも、自分だけでいい。

キスマークの場所を指でなぞると、日菜子は小さく身じろぎした。

「俺はヒナと出会うまで、自分がここまで独占欲が強いとは思ってもいなかった。セリ……芹夏は、俺を束縛なんてしなかったし、俺もしなかったから」

とにかく仕事第一主義の彼女は、一緒にいるときでも仕事の連絡が入れば飛んでいった。そもそも、意味のない時間を過ごすのが嫌いで、二人でまったりデートなんてしたこともない。央人の他にも相手がいたから忙しかったのかもしれない。今となっては、どうでもいい話である。

恋人であってもあくまで他人で、独占欲が湧くこともなかった。

だが、日菜子に対しては違う。こうして痕《あと》を残して、彼女は自分のものだと主張して、自分のことで頭の中を一杯にしてやりたい。

央人がキスマークをつけるのには、自分のものだと主張したい以外に、もうどこにも行くなという心理も働いている。

こうして痕《あと》を残しておけば、いつどこにいても自分を思い出すだろう。そうすることによって安心したいのだ。そういう意味では央人も、自分に自信がないのかもしれない。

自分の余裕のなさを自嘲《じちょう》していると、突然日菜子の指が央人の頬をむにっと摘まんだ。

口を尖らせた日菜子は、なぜか不機嫌そうにしている。

「ベッドの上で他の女の人の名前を出されるのは、不愉快です」

じっと央人を見上げてくる目が、『他の誰も見ないで』と切実に訴えている。

どうとも思っていない相手からであれば煩《わずら》わしいだけなのに、意中の相手から向けられる独占欲はこんなにも嬉しいものなのか。このとき央人は初めて知った。

「そうか。それは悪いことをした」

央人の頬に触れていた手は、自分が掴《つか》むと簡単に外れた。

「お詫びに、一緒に風呂に入ろうか？」

「――はあ!?」

ポカンとする日菜子を素早く横抱きにして、央人はベッドから立ち上がる。

このまま行為に及んでもいいが、央人は出張帰りだし、それなりに疲れてもいる。

日菜子と一緒に風呂に入ったことはまだないから、ちょうどいい。

央人は鼻歌交じりでバスルームまで日菜子を連行した。

「ちょっと待ってください！　なにをどうしたらそんな話に!?　嫌だあっ、どうせするならベッドがいい！　暗がりがいいんですぅ！」

嫌がる日菜子を無視して、ほとんど脱がしていたワンピースを剥《は》ぎ取る。

そうして、ブラのホックを外したところで、ようやく日菜子も観念したらしい。ショーツに手を掛ける央人を制して、「自分でやる」と言い張った。その間に、央人も自分の服を脱いだ。

裸の日菜子を先にバスルームに押し込み、給湯スイッチを入れる。

央人が住んでいるのはファミリー向けのマンションであるため、バスルームは二人で入っても十分なほどの広さがあった。

日菜子はそんなバスルームの隅で、身体を丸めて縮こまっている。

「お湯！　お湯がないじゃないですか！　シャワーを浴びるなら、お先にどうぞ」

この期《ご》に及んでも、まだ諦《あきら》めがつかないらしい。だが、裸の彼女を逃がすわけがない。

「寒いだろう？　二人で温まろうよ」

しゃがみ込んでいた日菜子を抱え、浴槽に脚を伸ばして座り込んだ。自分と向かい合うように跨《また》がせて、給湯スイッチを押す。

ザアッと勢いよく湯が流れ出すが、十分な量が溜まるにはまだ時間がかかる。

胸元を隠していた彼女の手を解《ほど》いて央人の首のうしろへ回させた。すると、日菜子は膝立ちのままギュッとしがみついてくる。

「やっぱり、恥《は》ずかしいです！」

至近距離で身体を見られたくないのだろうが、首元にしがみつくということは、当然央人の顔は日菜子の胸に埋もれる。

小柄な体格のわりには大きくて柔らかい双丘《そうきゅう》に挟まれている。その場所で、すうっと軽く息を吸うと、ほのかに甘い香りがした。

「うん……これはこれで幸せだけど、ちょっと苦しいかな？」

「ふあっ!?　し、失礼しました！」

気づいた日菜子が慌てて身体を離した。名残惜《なごりお》しい気もするが、あれでは見たいものも見えない。

「だいたい、なんで向かい合わせなんですか!?　こういうときは、うしろからギュッ、が基本じゃないんですか？」

真っ赤になって狼狽《うろた》える日菜子に、央人は満面の笑みを向ける。

「なんの基本かはわからないけど、それだと顔が見えないじゃないか。俺はヒナの恥《は》ずかしがってる顔が見たいんだよ」

片手で日菜子の腰を固定しながら、もう片方の手で身体のラインをするりと撫でる。性的な意味合いを込めた接触に、日菜子は小さく呻《うめ》きながら身悶《みもだ》えする。

――そう、この顔が見たかった。

央人の内側で、ぞくりとした快感が湧く。日菜子が赤い顔をして恥じらう姿は、嗜虐心《しぎゃくしん》を刺激する。央人はSかMかで言えば、間違いなくSだ。

彼女の身体を撫でていた手で、目の前で揺れる膨らみを掬《すく》う。ぴったりと手の平に収まる柔らかな乳房を優しく揉み込み、先端に舌を伸ばす。舌先を硬くしてつつくように愛撫すると、桜色の突起がぷくりと立ち上がって央人の舌を押し返した。

日菜子は声を我慢しているが、漏れる吐息が徐々に荒くなっている。

恥《は》ずかしがりながらも与えられる快楽に流されかけている様子に、ますます央人は笑みを深くした。

「はあ、んっ、か……かちょ、お……っ」

「ヒナ、腰が揺れてるよ？」

笑いを含んだ低い声が浴槽の中でこだまする。

日菜子の背中を支える手には、彼女の身体がぴくぴくと反応するのがつぶさに伝わる。

胸を揉んでいた手をするりと下げ、脚の付け根をすりすりと掻き回すと、いっそう大きく腰が動く。

申し訳程度に生えている柔らかな毛の先端は、浴槽に溜まる湯気と身体の内側からの熱気で、しっとりと湿っている。

「わかる？ まだお湯に浸かってないのに、ヒナのココはもう濡れてきた」

「ん、あっ、だって……あ、あんっ」

秘裂をゆっくりとなぞると、堪《たま》らず日菜子が甘い声を漏らす。

数回指を行き来させるだけで、閉じた花弁は簡単に綻《ほころ》ぶ。

央人は指先だけを内側に埋めた。

「……っあ、ああっ」

「どれだけ濡らしても、ここなら平気だよ。遠慮なく感じて」

浅いところをほんの少し掻いただけで、とろりとした蜜が零《こぼ》れ落ちた。

勢いよく流れる湯の音に掻き消されて、日菜子が奏でる淫《みだ》らな水音は聞こえない。

けれど、乱れた息遣いや甲高《かんだか》い声、それに滑りのよくなった指の動きで、どれだけ感じているのかがわかる。

身悶《みもだ》えながら背中を反《そ》らした拍子に、日菜子の胸が央人の目の前に差し出された。

「ここも可愛がってほしい？　ヒナはいやらしいね」

「ひゃあ、んっ」

尖った乳首に舌を絡ませ、左右に嬲《なぶ》る。口に含んで吸い上げると、日菜子は子犬のように啼《な》いた。

「か、課長……やっぱり、おっぱい好きですよ、ね？」

日菜子は薄目を開けながら、自分の胸にぬるぬると舌を這《は》わせる央人を見下ろす。

「だから、胸の大きい人と……付き合ってた、んですね」

付き合う相手を、胸の大きさで選んでいたつもりはない。芹夏もそれ以前の元カノも、そして日菜子も、たまたま大きかっただけだ。

――だから、巨乳フェチだと思われているのは、心外だ。

「ここを弄《いじ》られると、ヒナはすごく気持ちよさそうな顔をするんだよ。胸は感じやすいところだから初心者のヒナにはちょうどいいと思っていたけど、そこまで言うなら胸はもうやめる。代わりに、他のところを可愛がってあげるね」

可愛く拗《す》ねられると苛《いじ》めたくなる。Ｓの本能を刺激された央人は、日菜子の両脇に腕を差し込んで持ち上げると、浴槽のふちに壁を背にして座らせた。

まだ湯は溜まりきっていないが、身体は十分に火照《ほて》っている。

央人は彼女の脚の間に、身体を滑り込ませた。

「え、ちょっと待って……」

日菜子が止めるよりも早く、両手で太腿を押し広げる。央人は顔を近づけ、小さく膨らんだ蕾《つぼみ》にそっと口づけた。

「いやあ……あああっ」

甘い悲鳴が、湯気のこもったバスルームに響き渡る。

「やだ……んあっ、だめっ！　やめて……え、あ、ああんっ」

羞恥《しゅうち》で目に涙を滲《にじ》ませた日菜子が、央人の髪をぐっと掴《つか》む。けれど構わずに舌で花弁を押し広げる。

「ヤダもダメも禁止って、前にも教えなかった？」

押し当てたままの唇でニヤリと笑い、下から上にゆっくりと舐《な》め上げる。

浅い場所を慎重にくすぐると、唾液《だえき》とは違うぬるぬるとした蜜が央人の口の中に広がっていく。

「……ああっ、う……ううんっ、あ、ああっ、あ」

舌が蠢《うごめ》くごとに、日菜子が悩ましい声を上げる。央人を引き剥《は》がそうとしていた手からは、力が抜け落ちた。

恥《は》ずかしがりながらも快楽に溺れていく様《さま》が、激しく男心を刺激する。

いくらSでも、央人も程度はわかっている。本当に日菜子が嫌がることであれば、きっとしない。

だが、逆にどこまでなら許されるのかを知りたくもある。日菜子の反応を注意深く観察しながら奉仕する。今日の央人のSは、サービスのSだ。

「や……、んっ、かちょ……も、だめ……っ」

やがて切羽《せっぱ》詰まったような切ない声を上げながら、日菜子の太腿がぴくぴくと震え始める。頃合いを見定めた央人は、赤く充血しきった蕾《つぼみ》に強く吸いついた。

「や、ああ、あああああっ」

全身が戦慄《わなな》き、日菜子は一際大きく背中を仰《の》け反《ぞ》らせる。どっと溢《あふ》れ出た蜜をぺろりと舐《な》めて、滑り落ちる身体をしっかりと受け止めた。

「……ね？　気持ちよかった？」

はあはあと肩で息をする日菜子を抱き直して、耳元でささやく。

「課長が、こんなに意地悪だとは、知りませんでした……」

弱々しく呟《つぶや》いた日菜子に小さく微笑んで、顔にかかる髪をそっと指で払い頬にキスをする。

「そうだね。俺も、知らなかった」

今までは相手を悦《よろこ》ばせたいという願望はそれなりにあっても、ここまで強くはなかったはずだ。それも、相手のためというより、自分のため。女性が期待するような自分を演じていたに過ぎない。

丁寧ではあっても熱心さはない。日菜子に出会うまでの自分は、どちらかと言えば淡泊だった。相手した女性たちも、快楽を愉しみながらも乱れきった姿を晒したりはしない。お互いにいい男といい女を演じて、性欲を満たし満足を得るためだけの存在に過ぎなかった。

それなのに、日菜子に対しては衝動的になってしまう。

与えるものをすべて受け入れて素直に反応するのが新鮮で、自分も楽しいし、彼女をもっと悦《よろこ》ばせたい。

それに、身体の繋がりだけではなくて――

「俺は多分、君が思っている以上に狭量でかっこ悪い男だよ」

自分から離れていかないように繋ぎ止めておきたい。

二年間も内緒にされていたことを、まだ根に持っている。今度こそ絶対逃げられないように所有印もつけまくる。不穏な動きをする男が現れれば、牽制《けんせい》するだろう。

日菜子以上に、央人は執着しているのかもしれない。

「それでも君は、『俺のそばにいてくれる？』」

――ようやく、ここからもう一度、恋を始められそうだ。

＊＊＊＊

二年前のあの夜と同じ台詞《せりふ》を、日菜子は満ち足りた気持ちで聞いていた。

目の前には、懇願《こんがん》するように日菜子を見上げる央人の姿がある。

――そんな顔で見つめられて、断れる女性なんて一人もいないよ……

「もちろん……ずっと前から、そうしたかった」

――私が好きになったのは、かっこよくて優しくて頼りになるだけの男の人じゃない。

見た目にも、仕事ができるところにも惹かれた。だが、完璧じゃない彼の姿にはもっと惹かれた。

自分には縁のない世界の人だったはずの彼も、自分と同じように弱い部分を持っている。偶然でも自分だけにそれを見せてくれたとき、そばにいたいと思った。

「課長の強いところも弱いところも、私はぜんぶ、大好きです」

央人の頬を両手で包んで、彼の唇に自分の唇を重ねた。いつもされているみたいに、自分から舌を差し入れると、応《こた》えるように彼の舌も伸びてくる。

「堪《たま》らないな……今すぐこのまま、奪いたくなる」

キスのあとでささやかれる言葉に、子宮の奥がきゅっと反応するように収縮した。指や舌で浅いところは愛撫されても、まだ深いところには一度も触れられていない。

「……このまま挿《い》れてもいい？」

掠れた声の誘惑に、意識が持っていかれそうになった。

けれど、流されるわけにはいかない。

「だめ……赤ちゃん、できちゃう……」

以前のように一人で不安を抱えなくてもいいのかもしれないが、怖いものは怖い。

日菜子は顔を俯《うつむ》け、身体を小さくした。

「ねえ、もしかして俺は以前……」

日菜子の言葉から、彼はなにかを察した様子だった。隠そうと思えば隠し通せるだろうが、これ以上彼との間に秘密を作りたくない。

日菜子は意を決して、打ち明けることにした。

「はい……あ、でもあのときはひどく酔っていたし、普段の課長はそんなことないって、今はちゃんとわかってますから！」

「俺はそんなところでもヒナを不安にさせてたんだね……じゃあ、やっぱりベッドに行こう」

お互いの身体を簡単に拭いて、その足で寝室に向かう。

濡れた髪に配慮して広げたバスタオルの上に日菜子を寝かせた央人は、ヘッドボードの引き出しから避妊具を取り出した。

「どうかした？」

大人しく横たわっている日菜子に、央人が不思議そうに尋ねる。

「いえ……」

なんでもないと答えるが、実は、手際よく準備をする央人が、不満だった。

――避妊は大事なことなんだけど……誰のためのものなのか。

あらかじめ用意されていたのは、誰のためのものなのか。

心の声は顔にも出ていたのだろう。準備を整えた央人は、そんな日菜子の眉間を親指でぐいっと押した。

「せっかく恋人になったんだから、もう少しヒナだけを可愛がりたいからね。すぐに妊娠させたんじゃ、二人きりでイチャイチャもできないし、可愛いドレスも後回しになるだろう?」

——それって……

まるで将来のことまで約束されたような……

「課長……」

「あ、それから。恋人なんだから、もうその呼び方もやめようか。俺のことも名前で呼んで。会社で間違えたときはお仕置きだけど」

もう少しで泣きそうだったというのに——最後の、お仕置きってなんだ⁉

「うええっ⁉　む、無理です!」

絶対に自信がない。いつか職場で言い間違える。先生に向かって「お母さん」って言ってしまうのと同じ事態になるのは目に見えている。……そして、お仕置きも怖い。

「ムリもダメも禁止」

「無理は無理ですぅ!」

だけど央人は、日菜子が名前で呼ぶまでは折れるつもりがないらしい。ニコニコしながらのしかかられては逃げ場もない。それに、いつまでも役職名で呼ぶのもおかしな話だというのもわかる。

「……央人、さん……」

観念して呼んだら、さっきまであれほど楽しげだった央人の様子が途端に変わった。

「央人さん？」

「……これは、クるな」

口元を手で隠しながら、央人はなにやらブツブツと呟《つぶや》いている。

なにかマズいことでもあったのかと首を傾げていたが、膝を広げて身体を割り込まれ、思考は霧散《むさん》した。

「ひとつだけ、約束してほしい」

ふう、と大きく息を吐いた央人は、真剣な面持ちで日菜子を真っ直ぐに見つめた。

「もしもこの先、君が不安になることがあったら、そのときは一番最初に俺に教えて。妊娠のことも、その他のことも。あの夜の記憶は曖昧《あいまい》だけど、きっとあのとき君に子供ができていたとしても、俺は喜んだと思う。覚えていないくせに、と思うかもしれないけど、あの夜、俺はすごく深いところで君と結ばれた感じがしていた」

「央人さん……」

日菜子は央人に手を伸ばし、その身体にしがみつく。

「なに？」

急に甘えた日菜子に、優しい声色で返してくれた。

好きな人に――央人に、好きになってもらえるなんて……

決して叶わないと思っていた片想いなのに、今は誰よりも近くにいる。

彼が自分に向けて手を伸ばしてくれたように、自分も彼にすべてを差し出したい。

「央人さん……央人さん、大好きです……」

央人の瞳に熱がこもる。引き寄せられ、彼の唇が落ちてきた。

軽く触れるだけのキスだったのに、唇の上にはほんのりと彼の温かさが残る。

唇に残る熱や柔らかさが、これが夢ではないと教えてくれた。

央人は確かに、潤《うる》んだ瞳で日菜子だけを見つめている。

「俺も好きだよ。だから、頑張ってね？」

――なにを？

央人はクスッと笑って、日菜子の両脚を抱え上げる。

「今日はちょっと、加減できそうにないから……頑張って」

ぎちぎちに張り詰めたものが宛《あ》てがわれたと思ったら、一気に押し沈められた。

「あっ、ああ……っ、や、あああっ」

強烈な圧迫感に目を見開いた。指先や舌でしか刺激されていなかった奥が、突き立てられた央人自身で一杯になる。

「はあ……ヒナが、煽《あお》るのが悪い」

根元まで屹立《きつりつ》を埋め込んだ央人が大きく息を吐く。

「な、なんで……ひゃあっ、あ、んあっ」

間髪《かんはつ》容《い》れずにいきなり奥を揺さぶられて、つま先がピンと伸びた。

「やだっ、待って……はあ、あんっ、激し、ああっ、央人、さ……っ」

「ごめ……待てない」

日菜子の身体を折りたたんで持ち上げながら、央人は膝立ちになる。そうして体重をかけてのしかかった。

「んああっ、あう、……あっ、んん、あ、あっ」

彼と繋がっている場所がほとんど真上を向いている。

より深く突き立てられたものが、最奥にまで侵入してきた。ベッドに押し込められるようにじゅぶじゅぶと穿《うが》たれ、擦《こす》られて、揺さぶられるたび、日菜子の口から切ない嬌声《きょうせい》が上がる。

「ああ……ヒナ、可愛い」

日菜子を愛おしそうに見つめながら、央人は打ち下ろした腰を大きく捻《ひね》った。

「やああっ！　んっ、そこ、ああっ、だめ、イク……っ、イっちゃう……っ！」

ぐりぐりと感じる場所を集中的に攻められて、熱いうねりが身体中を駆け巡る。

あっという間に高みへと押し上げられる。

激しく奥が蠢《うごめ》いて、脚がガクガクと痙攣《けいれん》した。

大きく沈んだ身体が浮いたと思ったら、次の瞬間には快楽の大波に攫《さら》われて、あっという間に高みへと押し上げられる。

つかの間の浮遊感の後に、腕が、ぱたりとベッドの上に落ちた。

「……危うく、持っていかれそうだった」

「はひ？」

情けない声を上げた日菜子の身体が、今度はぐるりと反転した。

――え、今ので、終わりじゃないの⁉

「ひ、えっ、あああ……あ、まって……え、あっ、ああ」

腰を高く引き上げられたと思ったら、今度はずぶりとうしろから穿《うが》たれた。パンッと強く打ち付けられて、イッたばかりの身体がまた、大きく跳ねる。

「今夜はとことん付き合ってもらう……万が一にも、逃げ出す気も起きないほど」

――すさまじい執着心……ていうか、いろいろ根に持ってる⁉

エピローグ

翌朝。ベッドの中でまどろんでいた日菜子の耳に、聞き覚えのある声が響いた。

「馬鹿か、おまえは⁉　いきなり抱き潰《つぶ》すなよ！」

声の主は、なんだか怒っているようだ。

――この声は、小金井係長……？

多分、隣のリビングで二人は話しているのだろう。

確認したい気もするが、気怠《けだる》い身体は動かないし、まだ目も開けたくない。

「圭吾。ヒナがまだ寝てるのに、うるさい」

「ひ、ひな⁉　おまえ、いきなりその呼び方かよ！　なにがどうしてこうなった⁉」

「だからうるさいって。あと、俺はいいけどおまえがその呼び方で呼ぶな」

休日の朝から訪ねてくるなんて、二人は本当に仲がいいんだな。よく働かない頭で、日菜子はそんなことを思った。

「無理させたから、ゆっくり寝かせてやりたいんだよ。それに、寝起きの姿をおまえに見せるのも嫌だし」

——なんか、今いろいろすごいこと言ってなかった!?

普段会社で見る二人は、いつもスマートで仕事のできる男って感じで近寄りがたい。でも、二人でいるときは、こんなふうに話していたのかと、意外な気持ちだ。

「昨日から電話してるのにおまえは音信不通だし……気乗りしない出張になるだろうと思ってたから、心配して来てみればこれだ」

「心配には及ばない。そういえば圭吾、おまえ向こうの担当者が芹夏だって知ってたな?」

小金井は、央人と芹夏の関係を知っていたのか。そして、今回の仕事相手が彼女の会社だということも……日菜子にはそのことを伝えなかったのが、小金井の優しさのように思えた。

「言わないほうがいいと思って黙ってた。それに、桃井を連れていけば、いろいろ大丈夫だろうとも」

「いろいろってなんだよ。まあ、その予想は当たった気がするけど。とにかく親友の久しぶりのロマンスを歓迎しろよ」

「ロマンスぅ!? そんな生易《なまやさ》しいもんじゃないだろ!?」

——本当に、そうですよ!

心底驚いた様子で大声を上げる小金井に、日菜子も完全同意である。

「おまえに連絡がつかなくて常磐に連絡してみたら、早く異動したいとか言い出すし。なにごとかと思って来てみたら、瞬時に察した。……おまえ、職場の風紀を乱すなよ」

「仕事と恋愛は別物だ。常磐のほうこそ、仕事に私情を持ち込むなと言いたい。恋のライバルとは認めてないが、部下としては評価している。今後も遠慮なく仕事を叩き込むぞ。異動の希望はそれまで聞かない。異動するときは、あいつが栄転するときだ」

そう言い切った央人の声は迷いがなかった。真剣に仕事をしているときの、頼もしい彼の声だ。

「とか言いながら、薄ら笑いをしてるのが気持ち悪いんだけど……」

別の部屋にいる日菜子には央人の顔は見えないが、言葉から受ける印象と、実際の彼の姿にはギャップがあるらしい。いったい、どんな顔をしているのか、見たいような見たくないような、複雑な気持ちである。

「ともかく。ヒナのことも常磐のこともちゃんと考えてるから、おまえに心配されるようなことはなにもない」

「さっそく、心配するようなことになってるだろうが」

「……今日は特別、だ」

「そんな不満そうな顔して言われても、説得力ないぞ」

「もういいから、とっとと帰れ」

「なんだよ！　恋のキューピッドなんだから、もっと大事に扱えよ！」

ドアの向こう側から聞こえる男たちのわちゃわちゃした声に、日菜子は笑いを堪《こら》えるので必死だった。

目なんかすっかり覚めてしまったが、もうしばらくはこのままでいたい。ずっと好きだった人と、恋人同士になって初めて迎える朝だ。

小金井は、結局央人に押し切られる形で追い出されようとしている。申し訳ない気もするけれど、今日は日菜子も央人と二人きりで過ごしたいと思った。

だからもう少し、このまま、眠ったふりをしていよう。

――央人が、迎えに来てくれるまで。


ドアが開く音がして、彼の足音が近づいてくる。

大きな手が額《ひたい》にかかる前髪を優しく払い、瞼《まぶた》の上に柔らかな唇が軽く触れる。

目を開けると、幸せそうな笑みを浮かべる央人がいた。

「おはよう」

「おはようございます、央人さん」

これまでに見たことのある彼より、とびきり優しい笑顔。恋人だけに見せる顔なのだろうか。

「もしかして、圭吾が来てたのに気づいてた？」

「はい」

「そうか。騒がしくして悪かったな。せっかく今日こそは、ゆったりとした朝を迎えられると思ったんだけど」

央人はそう言うが、幸せであることに変わりはない。

だけど央人は少し不満そうで、なにやら意味深に口の端を上げる。

「ねえ、ヒナ。目が覚めたときに、隣にいないのって寂しいよね？」

――やっぱり、意地悪だ。

「そうですね……横にいてくれたら幸せですが、今も十分幸せです……よ？」

「いや、一人で目覚めるのは寂しいだろ。二度も置いていかれた俺は、どんな気持ちだったと思う？」

そう言って央人は満足げに笑う。

――央人さんってかなり、根に持つタイプだよね。意外と寂しがり屋だし……

「寝ても覚めても、私には、央人さんしか見えていませんでしたけどね」

そう言って日菜子は、勢いよく抱きついた。

入社式の日に出会い、一方的に憧《あこが》れを抱いた。

その後、ひょんなことから彼の弱った姿を見て……彼の部下になってからは、大人の余裕で翻弄《ほんろう》され、意地悪をされたこともある。

そして、恋人になった彼は、こんなにも日菜子を大切に想い、愛情を注《そそ》いでくれる――

あの日からずっと、央人だけを見てきた。

でも、まだまだ知らない彼の一面がありそうな気もする。

その新しい一面を知るたびに、今までよりももっと好きになるだろう。

彼の魅力に負けないよう、日菜子も自分を磨いていきたいと思う。

好きな人を想う気持ちがあれば、頑張れる――この気持ちは、誰にも負けない。

書き下ろし番外編

日菜子の里帰り

「日菜子。あんたそれ、騙《だま》されとるんやないの？」

母の一言に、日菜子は膝の上で結んだ拳をさらに硬くした。

ここは都会から遠く離れた日菜子の実家。気軽に帰れる距離ではないため、家族と顔を合わせるのは去年の年末以来になる。

だが、久しぶりの娘の帰宅だというのに、桃井家の奥座敷は暗い。

古い家で、日当たりが悪いから――というわけではない。日菜子と両親は机を挟んで向かい合わせに正座し、さながら取り調《しら》べのような家族会議の真っ最中で、歓迎ムードとはほど遠いということだ。

そもそも盆暮れ正月といった長期休暇以外で帰省したのは、祖母が入院したという知らせを受けたためである。しかし、重苦しい雰囲気は祖母の病によるものではない。祖母は畑仕事の最中に転んで尻もちをついたので、念のため検査入院をしただけで、すでに退院している。

慌てて顔を出す事態でないにもかかわらずわざわざ帰省したのは、日菜子の上司兼恋人である央人の強い勧めがあったからだった。

実家から連絡を受けたとき、央人もその場にいた――というか、日菜子が央人の部屋にいた。

なにしろ長い片想い期間を経て、ようやく両想いになったのだ。現在蜜月期の真っ只中で、最近は自分のアパートに一人でいる時間のほうが短かったりする。

「……おばあさん、まだご健在だったんだね」

電話を切って内容を伝えると、央人は少し驚いた顔を見せた。

「ヒナの言うおばあちゃんの〝魔法の言葉〟が格言じみているから、亡くなっているのかと勘違いしてた」

「あはは。さすがに一日中働きはしませんけど、元気ですよ」

一家で農家を営む日菜子の実家では、腰が曲がった祖母もまだまだ現役である。

「でも、転んじゃったってことは、年を取った証拠なんですよね……」

働き者で愛情深い祖母は、日菜子の精神的支柱といってもいい。会話の端々で祖母の請け売りの言葉が出てくるものだから、そのことは央人も承知している。

「いつまでも元気で、そこにいるのが当たり前だと思っていました」

両親や祖父母が大切に育ててくれた自分も、今では社会人として働いている。しかし、子供が大人に成長したということは、同時に祖母たちも年を重ねたということ。永遠の命はないのだから、いずれは別れが訪れるという事実を改めて実感すると、鼻の奥がツンと痛くなった。

そんな感傷に浸っていたのに、隣で央人はおもむろにスマホを取り出した。こんなときにSNSのチェックかよ——と思ったが、そうではなくて、見ていたのはスケジュール画面だ。

「今週は大きな予定もないし、有休も残っていたね？　お見舞いに帰ってくるといい」

「ええ⁉　でも、大した怪我でもなかったんですよ？」

年齢を考慮して検査入院したが、幸い骨折もしておらず、数日後には退院も決まっているという話だった。心配する気持ちはあるものの、有休を使ってまで帰省するのは大《おお》袈裟《げさ》ではないだろうか。

「身体は無事でも落ち込んでいるんじゃないかな？　元気な人なら尚更かもしれないよ。それに、何事もなくてよかったと伝えるのも大事だ。いざというとき、会えなくなってからでは遅いんだ」

たしかに、央人の意見にも一理ある。

「でも」

「でも、じゃない。家族が入院したんだから立派な理由だろう。それを阻害するほど、うちの会社も君の上司も、ブラックではないはずだけど？」

「うう……っ、央人さん、かっこいい」

素直に伝えると、央人もまんざらでもない顔で――と、ここまではよかったのだが。

「それに、俺も一度きちんとお会いしておきたかったからね」

「え、央人さんも来るんですか？」

ぎょっとする日菜子だったが、央人はいたって真剣だ。

「恋人なんだし、先々のことを考えてもご挨拶《あいさつ》はしておくべきだろう？」

「え、う、それは、そうですけど……まだ、早くないですか？」

先のことを考えてくれているのは嬉しいが、ぶっちゃけ日菜子にはまだその考えはなかった。

二人が付き合い始めてまだ一年足らず。クリスマスやバレンタインといったイベントをひと通り過ごしたばかりで、今を楽しむことが優先されていた日菜子にとって、央人の申し出は寝耳に水だった。

「こういうのは早いに越したことがない。近いうちに一緒に住むんだから、ご両親の許可も取っておいたほうが安心だろう？」

「へ!?　そんなの、いつ決まったんですか？」

「今だって、俺の家に入り浸ってるんだから同じようなものじゃないか」

「心外な！　だいたい、入り浸らせてるのは央人さんじゃないですか！」

まるで日菜子が図々しく寝泊まりしているような言いぐさだが、彼女を離さないのはむしろ央人である。

日菜子とて一緒の時間は長いほうがいい。しかし、仕事もプライベートもというのは息が詰まるのではないかとも考えた。やっと両想いになれたのだから、できるだけ彼の負担にならないようにしたい。だから、週末以外は自宅に帰ろうとしているのに、それを阻《はば》んでいるのは央人本人だ。

自宅に帰ろうとすればあからさまにムッとするし、雑用を言いつけては引き留める。今日だって、なんだかんだと理由をつけてこうして連れ帰られた。

「ヒナはなにか不満でも？」

「不満、はないですけど……これじゃ、いずれ周りに知られるんじゃないかと」

恋人だからと優遇されるどころか、逆に仕事を増やされている。これも立派な公私混同ではないだろうか。上司と部下でもある以上、職場では二人の関係は秘密にしているというのに、あまりの重宝ぶりに、周囲にバレるのも時間の問題だと小金井も苦笑していた。

「知られたって問題はないだろう？　いつまでも秘密のほうがおかしいと思うけどね」

「……私にだって、正当な理由があるんです」

「大した理由じゃないと思うけど」

バッサリと一刀両断されてぐうの音も出ない。もっともらしいことを言ってはいるが、央人との関係を隠しておきたいのは、単に彼の社内人気が高いからだ。

――だって、女の嫉妬《しっと》は恐ろしいのよ！

以前にも食堂で囲まれたことがあったが、あんなのはもう御免《ごめん》である。

「隠したからってなんの解決にもならないじゃないか。俺としては煩《わずら》わしさから解放されて、ヒナの虫除けにもなるんだから、早く大っぴらにしたいところだよ」

「だから、大した虫は寄ってきませんから……」

央人にそこまで心配されるほどモテてきた自覚はない。それでも、仮にそんな相手が現れたとしたら、たしかに央人は強力な防虫剤にはなるだろう。

しかし、自分はどうだろうか。央人の恋人だと知られても、逆に虫たちを元気にさせてしまうような気がする。

不釣り合いだとか身の程知らずだとか言われるのは目に見えている。いずれ挑まねばならない戦いだとわかっているが、今は時期尚早だ。

「とにかく、私はもう少し準備がしたいんです」

せめて少しでも先延ばしをして、自分に自信が持てるように努力したい。それは決して悪いことではないと思う。

「誰になにを言われたからって、俺はヒナを手放すつもりはないんだけどね」

いつまでも周りの目を気にする日菜子に呆《あき》れたのかもしれない。央人が深くため息を吐《つ》く。

「私だって、そんなつもりは毛頭ないですよ！」

「そうか。なら、やっぱりご挨拶《あいさつ》に伺うべきじゃないかな？」

再び笑みを浮かべた央人に、今度は日菜子が少しだけ呆《あき》れた。

どうも央人はせっかちだ。彼は以前芹夏と婚約後に破局しているが、もしかするとこの性格も災いしているのではとも疑ってしまう。もっと慎重に行動していれば――とは口が裂けても言えないし、言いたくもないが。

央人の申し出を強く拒否する必要はない。しかし、懸念材料はある。

央人は、日菜子の実家がどれほどの田舎であるか知らないのだ。

生粋《きっすい》の都会人である央人に、日中でも人っ子ひとり歩いていない道など想像できるだろうか。第一村人発見！　も、ポツンと一軒家！　も、日菜子にとっては珍しい光景ではない。そのくせ見慣れない人間が歩いていたら、瞬《また》く間に噂が広がる。いったいどこから見ていたんだと不思議になるが、田舎では「あるある」なのだ。

そんなところに央人が現れれば、本人たちにその気はなくとも周囲はただのご挨拶《あいさつ》では終わらせない。それに、突然こんなにキラキラとした男性が現れたら、なにも知らない両親はひっくり返るかもしれない。祖母は今度こそ大怪我を負うことになるだろう。

そういうことはもっと覚悟が決まってからと主張しても、央人は一歩も引かなかった。最終的に、日菜子が先に帰省をして家族に説明をするという案に行き着いたのだが、その結果が、現在の桃井家の取り調《しら》べ状態である。

「だって、あんたがそんな人に見初《みそ》められるだなんて、ねえ……」

央人の人となりを聞いて、母が疑うのも無理はない。

「私だって信じられないけど、でも本当なんだってば」

日菜子とて、まさか自分が央人の恋人になれるとは思ってもいなかった。ただ想っているだけのつもりが、いつの間にか家族に紹介する仲に発展したのだから、人生はどう転ぶかわからない。

「こんな田舎娘を一流企業の課長さんが？　テレビドラマじゃあるまいし、うちの土地が目当てなんじゃなかろうか？」

「央人さんが、そんなもん欲しがるもんですか！」

母の心配は的外れもいいところである。農家にとっては大切な財産だが、他に活用法もない土地を彼が欲しがるわけがない。

「お父さんは、どう思う？」

母の隣でだんまりを決め込んでいる父は、先ほどから日菜子と目を合わせようともしない。元々寡黙《かもく》で口数の少ない人だけれど、同じ男なら央人の気持ちもわかるのではないだろうか。

「……そいつは、米が担《かつ》げるんか」

「担《かつ》げるとは思うけど、担《かつ》がせる気ないから」

日菜子を軽々とお姫様抱っこできるのだから、重たいものも担《かつ》げるだろう。

しかし、米俵を担《かつ》ぐ央人は想像がつかない。頼めばやってくれそうだが、そもそも彼に農家を継がせるつもりはないのだ。

「お母さんは心配やわ。遊ばれとるだけなんやないの？」

母として娘を案じるが故の一言だったのだが、日菜子にはショックだった。

かつては自分がただのセフレなのかと悩んだりもしたが、そうでないことはこの一年で十分過ぎるほどわかっている。それどころか、央人は最初から日菜子を想ってくれていた。だからこそ、母の言葉は聞き捨てならない。

「央人さんはそんな人じゃない！　だから挨拶《あいさつ》にって言ってくれてるんでしょう!?」

「だったらなんで一緒に来んの？」

「それは私が」

驚かせないように気を利かせたつもりが、裏目に出てしまったようだ。

央人が来るのは明日。だが、こんな空気のままでは、さすがの彼でもアウェー過ぎる。

いくら央人が敏腕営業課長でも、これだけ警戒されていては打ち解けるのに骨が折れるだろう。ましてや仕事の商談でもないのだから勝手も違う。

――こんなことなら、一緒に帰省するべきだった。

今からでも、明日の訪問は中止にしてもらえないだろうか。いや、央人は是が非でも来ると言い張りそうだ。どうすることもできず、心の中でごめんなさいと謝罪したときだった。

「日菜子？」

座敷を仕切るふすまからひょいと顔を出したのは祖母だった。

「おばあちゃん！　起きて大丈夫なの⁉」

日菜子の帰省よりも早く退院した祖母は、大事をとって自宅療養中だ。

「うるさかった？　起こしちゃってごめんね」

「寝てばっかりじゃ病人になってしまうわ。それより、あんたにお客さんやで」

そう言って、祖母のうしろから顔を出したのは――

「藤崎と申します。突然お邪魔して申し訳ありません」

「央人さん⁉」

――せっかちな恋人、だった。

「改めて、初めまして。藤崎央人と申します。本当は日菜子さんと一緒にお伺いしたかったのですが、私の仕事が折り合わずに遅れてしまいました。申し訳ありません」

日菜子の隣に座った央人は、穏やかに微笑みながら頭を下げる。

「これ、よろしければ召し上がってください。会社の近くにある洋菓子店の焼き菓子なんですけど、ダックワーズが私のおすすめです」

「あら、まあ、ご丁寧に……」

母の声も心なしか明るい。それに、口元を押さえながら央人を見る目もウットリとしている。

――さすがは親子。好みのタイプは、私と一致してる。

「遠いところわざわざすいませんね。お忙しいんでしょう？　たしか上司さんでしたね。うちの娘はご迷惑かけていませんか？」

「ご心配いりません。日菜子さんは熱意を買われてうちの部署に異動になったほどで、公私ともに助けられています」

突然現れた彼に違和感は残るが、さすがは敏腕営業課長である。

普段着の日菜子に対して、央人はいつものビジネススーツを着こなしている。清潔感があり落ち着いた雰囲気は好印象だ。矢継ぎ早に繰り出される母の質問にも快《こころよ》く応じて、日菜子を褒めることも忘れない。

──そういえば、央人さんには〝ご挨拶〟の経験があるんだっけ……。

どうやら日菜子の不安も杞憂に終わりそうだ。

両親の誤解が解けるのも時間の問題だろう。彼と話をすれば誠実な人だとわかってもらえるはずだ。やはり、本物を見てもらうほうが早い。

「実は今日ご訪問させていただいたのは、どうしてもお伝えしたいことがあったからなんです」

和《なご》やかに談笑していた央人が急に姿勢を正す。改まった態度に、その場にいた桃井家の面々に緊張が走った。

──これって、娘さんをください的な展開？

それはさすがに早い。今日は、まずはの顔合わせ程度ではなかったのか？

それにプロポーズさえされていない。だが、以前にも「ずっとそばにいてほしい」とは言われたし、央人の執着から鑑《かんが》みても最初から結婚前提のお付き合いだとしてもおかしくはない。

──だからって、いきなり⁉

狼狽《うろた》える日菜子をよそに、央人は真剣な面持ちで両親と向き合った。

「私は、日菜子さんの前にお付き合いしていた女性と、婚約を破棄しています」

──え、その黒歴史、自分で言っちゃう⁉

思っていた内容とあまりに違っていて思わず肩すかしをくらった。同時に、せっかくの好感度を自ら《みずか》下げる行為に、ハラハラしながら横顔を見つめる。

「もちろん日菜子さんとお付き合いするようになったのは、そのだいぶ後からです。ですが、当時の私を励ましてくれたのは日菜子さんでした。あのときは名前も知りませんでしたが、今の私があるのは日菜子さんのお陰です。彼女の一途で真っ直ぐなところが私を癒《いや》してくれます。だから、彼女を育てたご家族とこの土地に会いに来たかったんです」

唐突な身の上話に、両親もさぞ困惑したことだろう。

「なにを、馬鹿正直に……」

ぽつりと漏らした父に、日菜子も激しく同意する。

それでも央人は、憑《つ》きものが取れたようなすっきりした顔で微笑んでいた。

「私の過去はいずれわかることですし、あとからお耳に入るより自分の口でと思いまして。大切な娘さんがこんな男とではと不安もあるでしょうが、どうか見守って見極めていただければと思います」

改めて頭を下げる央人に合わせて、日菜子も慌てて頭を下げる。

どうやら自分こそ彼を誤解していたらしい。ただのせっかちではなく、央人の目的は、自分の過去を晒《さら》した上で両親に認めてもらうことだったのだ。

——私もまだまだ、央人さんのことを知らないな……

だけどこれは嬉しい誤算だ。こんな彼を知って、ますます好きにならずにはいられないのだから。

それから央人は、正座ができないため縁側の椅子に座っていた祖母に近づいた。

「おばあさまには、特にお礼を申し上げたかったのです。辛いことを乗り越えたら、私にも幸せがありました。ありがとうございます」

きっと央人は、これを伝えたかったに違いない。

——おばあちゃんは「魔法の言葉」の授《さず》け親だから。

幼い日に祖母からもらった言葉は、自分と央人を結びつける本物の魔法になったのだ。

大好きな祖母に丁寧にお礼をされて、日菜子の目に熱いものがこみ上げる。

一方、しばらく央人を見つめていた祖母は——

「……あんた、米は担《かつ》げるか？」

——息子と同じことを言った。

「鍛《きた》えているので、力はあるほうだと思います」

「新米ができたら取りにおいで。もうお米は他所《よそ》で買わんでいいよ」

「ありがとうございます。よかったら田植えや稲刈りもさせてもらえますか？」

「そりゃ助かるけど、腰が痛くなるでぇ？」

ケラケラと笑う二人の姿に、日菜子と両親も自然と笑顔になる。

結局、祖母に一番の元気を与えたのは、央人だったかもしれない。

予定を早めて、日菜子と央人は共に帰路につくことになった。急に来られても客間も布団の準備もできていないという母の主張も当然である。

「本来はアポを取って伺うのがマナーだから。結婚のお願いではしくじらないよ」

央人は、滅多にない休暇を二人で過ごせる時間が増えて嬉しいと臆面なく言ってのけたが、日菜子の内心は複雑だ。

——だって、あまりにも余裕なんだもん！

両親を前にして挙動不審なのも困るが、それにしても央人は慣れている。

——過去を気にしたって、仕方ないんだけど……

「——あれ、日菜子？」

不意に呼び止められて、立ち止まる。振り向いた先には、一人の男性が立っていた。

それは、かつて日菜子が——

「帰ってきたんか……いや、もう帰るところか？」

「え、あ、うん……」

視線が日菜子の左に向けられる。つい顔を俯《うつむ》けると、伸びてきた央人の手にしっかりと肩を抱かれた。

「ヒナ、行こうか」

「あ、はい……じゃあ、ね」

「ああ」

短い会話だけを交わして別々の場所へと向かう。夕日に照らされた影が長いな、なんてぼんやり考えていたら、目の前に央人の顔が現れた。

次の瞬間――

「んんっ⁉」

形の良い唇で、見事に唇を塞《ふさ》がれた。それどころか、あっさりと侵入してきた舌に日菜子の舌が絡め取られ、口の中でぐちゅぐちゅと掻き回される。

唇が離れたとき、日菜子の顔は夕日に負けないくらい真っ赤に染まっていた。

「な、なんてことするんですかっ⁉」

ここは天下の田舎だ。こんなところを見られたら、一気に噂が広まるに違いない。

「いいじゃない、誰に見られても困ることはないんだから」

笑みを含んだ央人の声が頭上から聞こえる。央人の視線は、日菜子の背後へと向けられているようだ。

――確実に見られた！　もう、絶対に振り向けない！

「どう？　初恋の彼と久しぶりに会って、ときめいた？」

耳元でささやかれて、驚きに目を丸くする。央人は、なんとなく勝ち誇った顔をしていた。

――この、確信犯め！

「央人さんがいるのに、そんなわけないじゃないですか」

強がりではなく本心だ。あれほど泣いて諦めた相手との久しぶりの再会だったのに、自分でも驚くほどなにも感じなかった。

過去を気にする余裕もないくらい、日菜子の心は央人に独占されているということだ。

日菜子の答えに、央人は晴れやかな笑みを浮かべる。

「俺だって必死なんだよ。ヒナとの将来以外に大切なものなんてないんだから」

そう言って繋がれた手がいつもより熱かったのは、気のせいではないだろう。

恋愛小説「エタニティブックス」の人気作を漫画化!

Eternity COMICS

天下無敵のI love you

漫画 柚和 杏　原作 桧垣森輪

営業部のエリート課長・央人《ひろと》に片想い中の日菜《ひな》子《こ》。脈なしだとわかっていても訳あって諦められず、アタックしてはかわされる毎日を送っていた。そんな時、央人と二人きりで飲みにいくチャンスが！　さらにはひょんなことからそのまま一夜を共にしてしまう。するとそれ以来、今まで素っ気なかった央人が、時には甘く、時にはイジワルに迫ってくるようになって——!?

B6判　定価：本体640円+税　ISBN 978-4-434-26886-1

本郷真純《ほんごうますみ》は建設会社でバリバリ働くお局《つぼね》OL。仕事は順調ながら、恋愛経験はゼロで、清い身のまま三十路《みそじ》を迎えようとしていた。そんな時、営業部のエースで社内一のモテ男・如月達貴《きさらぎたつき》と、社運を賭けたコンペに携わることに。しかし、その準備を進めている時に、ひょんなことから彼とベッドを共にしてしまい——!?

B6判　定価：640円＋税　ISBN 978-4-434-24186-4

EB エタニティ文庫

一夜の過ちは、溺愛のはじまり!?

ETERNITY Rouge

エタニティ文庫・赤

いきなりクレイジー・ラブ

桧垣森輪《ひがきもりわ》

装丁イラスト／千花キハ

文庫本／定価：本体640円＋税

年齢＝《イコール》恋人いない歴のお局様・真純《ますみ》。そんな彼女がひょんなことから、社内一のモテ男とベッドを共にしてしまった！　とはいえこれは一夜の過ち——そう割り切ろうと提案したのに、なぜか彼から責任を取ると迫られ、以来、所構わず容赦なく、過激なアプローチ攻撃を受けて——!?

※エタニティブックスは大人の女性のための恋愛小説レーベルです。ロゴマークの色で性描写の有無を判断することができます（赤・一定以上の性描写あり、ロゼ・性描写あり、白・性描写なし）。

詳しくは公式サイトにてご確認ください。
http://www.eternity-books.com/

携帯サイトはこちらから！

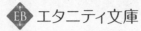

大手商社で働く新人の美月《みづき》。任される仕事はまだ小さなものが多いけど、やりがいを感じて毎日、楽しく過ごしている。そんな彼女が密かに憧れているのは、イケメンで頼りがいのある、専務の輝翔《あきと》。兄の親友でもある彼は、何かと美月を気にかけてくれるのだ。だけどある日、彼からの突然の告白で二人の関係は激変して——!?

B6判　定価：640円＋税　ISBN 978-4-434-22536-9

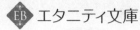

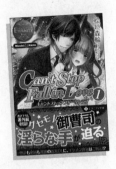

化粧品会社で働く二十七歳の碧《あおい》。ある日彼女は、双子の妹の身代わりとして面倒なお見合いに駆り出される。渋々お見合い場所のホテルへ赴いた碧だったけど…そこに待っていたのは、超絶イケメンながらも、一目でクセ者とわかる身勝手&ヘンタイ男!? しかも思わず素でキレたら、なぜか気に入られてしまったみたいで…!?

B6判　定価：本体640円+税　ISBN 978-4-434-26847-2

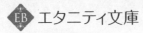

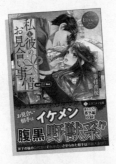

恋愛小説「エタニティブックス」の人気作を漫画化！

Eternity COMICS

S系エリートの御用達になりまして

漫画 Mizu Aoi 蒼井みづ　原作 Noise Sunahara 砂原雑音

男運が悪く、最近何かとついていない、カフェ店員の茉奈《まな》。そんな彼女の前に、大企業の取締役になった、幼馴染の彰《あきら》が現れる。子供の頃、彼にはよくいじめられ、泣かされたもの。俺様ドＳっぷりに大人の色気も加わった彰は、茉奈にやたらと執着してくる。さらには「お前を見てると泣かせたくなる」と、甘く強引に迫ってきて――？

B6判　定価：本体640円＋税　ISBN 978-4-434-26865-6

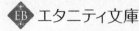

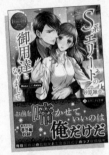

恋愛小説「エタニティブックス」の人気作を漫画化!
EC Eternity COMICS
プリンの田中さんはケダモノ。
漫画★キャラウェイ Carawey
原作★ユキトザック 雪兎ざっく
宗介さんが私の中に…
んんんっ…!
っ…
ズ…
んんっちょっ…
宗介さん話聞いて…っ
ふにふに
千尋
好きだよ千尋

人の名前を覚えるのが大の苦手なOLの千尋《ちひろ》。そんな彼女が部署異動させられて、さあ大変！ 異動先の同僚たちはみんな、スーツ姿の爽やか系で見分けがつかない…。そんな中、大好物のプリンと一緒に救いの手を差し伸べてくれる男性社員が現れた！　その彼を千尋は『プリンの田中《たなか》さん』と呼び、親睦を深めていった。でもある時、いつもは紳士な彼が豹変して――!?

EC Eternity COMICS
プリンの田中さんはケダモノ。
Carawey
雪兎ざっく
甘く淫らな野獣タイム!!
エタニティCOMICS

B6判　定価：本体640円＋税　ISBN 978-4-434-26768-0

本書は、2018年3月当社より単行本として刊行されたものに、書き下ろしを加えて文庫化したものです。


この作品に対する皆様のご意見・ご感想をお待ちしております。

おハガキ・お手紙は以下の宛先にお送りください。

【宛先】

〒150-6008 東京都渋谷区恵比寿4-20-3 恵比寿ガーデンプレイスタワー 8F
(株) アルファポリス　書籍感想係

メールフォームでのご意見・ご感想は右のＱＲコードから、
あるいは以下のワードで検索をかけてください。

アルファポリス　書籍の感想　検索

ご感想はこちらから

エタニティ文庫

天下無敵《てんかむてき》の I love you《アイラブユー》

桧垣森輪《ひがきもりわ》

2020年2月15日初版発行

文庫編集－熊澤菜々子・塙綾子
発行者－梶本雄介
発行所－株式会社アルファポリス
〒150-6008 東京都渋谷区恵比寿4-20-3 恵比寿ガーデンプレイスタワー8F
TEL 03-6277-1601（営業） 03-6277-1602（編集）
URL https://www.alphapolis.co.jp/
発売元－株式会社星雲社（共同出版社・流通責任出版社）
〒112-0005 東京都文京区水道1-3-30
TEL 03-3868-3275
装丁イラスト－佐倉ひつじ
装丁デザイン－ansyyqdesign
印刷－中央精版印刷株式会社

価格はカバーに表示されてあります。

落丁乱丁の場合はアルファポリスまでご連絡ください。

送料は小社負担でお取り替えします。


ISBN978-4-434-27032-1 C0193